韓国語で私の本を読んでくださるみなさま、
この本を手に取ってくださってありがとうございます。
2022年の9月に韓国を訪れたときのことを
よく思い返しています。いつかまた訪れ、
あの美しい言葉に囲まれて過ごしたいです。

村田沙耶香

한국어로 저의 책을 읽어주시는 여러분,
이 책을 손에 들어주셔서 감사합니다.
2022년 9월에 한국을 방문했을 때의 일을
자주 떠올리곤 합니다. 언젠가 다시 방문하여,
그 아름다운 언어에 둘러싸여 지내고 싶어요.

— 무라타 사야카

신앙

FAITH

Original Japanese edition published in 2022 by Bungeishunju Ltd.

신앙

무라타 사야카 소설

김재원 옮김

은행나무

차례

일러두기

- 본문 하단의 각주는 모두 옮긴이의 것입니다.
- 원서에서 강조의 의미로 쓰인 가타카나와 채팅방 대화는 고딕체로, 볼드로 표기된 부분은 이탤릭체로 옮겼습니다.

신앙
Faith

"저기, 나가오카, 나랑 새로운 사이비 종교 시작해보지 않을래?"

가족 동반 인파로 붐비는 일요일 오후, 역 앞 쇼핑몰 안에 있는 패밀리 레스토랑에서 이시게에게 그런 제안을 받았다.

나는 여기 온 후 벌써 세 잔째인 카페라테를 마시면서 '아아, 드디어 본론에 들어갔군' 하고 속으로 생각하며 슬쩍 이시게의 얼굴을 보았다.

"뭐? 너무 막연해서 무슨 말인지 모르겠어. 구체적으로 뭘 권유하려는 건데?"

"아니, 아니, 권유 같은 게 아니고. 나랑 같이 새로운 종교 사업을 시작해보지 않겠냐는 말이야."

목소리를 낮추고 몸을 앞으로 쑥 내미는 이시게를 보며 나는 과장스럽게 한숨을 내쉬고는 내심 터지려는 웃음을 꾹 참았다.

지난주, 고향 동창들끼리 모인 술자리에 이시게가 나타나자 다들 이상하다는 듯 고개를 갸웃거리며 슬그머니 눈빛 교환을 했다. 고향 술자리는 예전에도 몇 번 있었지만 이시게는 처음 온 것 같았고, 누가 불렀는지도 알 수 없었다.

나도 집 사정으로 본가에 돌아오기 전까진 고향 술자리에 참석한 적이 별로 없는데, 어쩌다 그걸 간파당해 이시게의 눈에 포착되었는지도 모른다. 옆자리에 앉아 집요하게 LINE 아이디를 묻더니 다음에 차 한잔 하지 않겠냐며 반강제로 권하기에 아, 이건 권유다, 하고 생각했다. 다단계일지 종교일지 뭔지는 모르겠지만 이건 무조건 권유라고 직감으로 알아챘다.

내가 귀중한 휴일에 굳이 약속 장소인 패밀리 레스토랑에 온 건 저녁에 잡아둔 미용 이비인후과의 콧구멍 화이트닝 예약 때문에 역 앞에 올 일이 있어서 겸사겸사 괜찮겠지 싶기도 했고, 이시게는 멍청한 놈이니 권유를 당한들 딱히 나는 걸려들 일이 없으리라고 생각했기 때문이다.

권유를 한다는 건 이미 모종의 권유에 걸려들었다는 뜻이다. 이시게가 어디에 속아 넘어갔는지 궁금하기도 했고, 그걸 다음번에 아사미네 집 다과회에서 우스갯소리의 소재로 삼으면 되겠다고 생각했다.

들어봐, 들어봐, 저번 술자리에 이시게가 왔었잖아. 그 후로 끈질기게 LINE으로 연락하더라고. 하는 수 없이 이야기만 좀 들어줬더니 세상에, 걔가 이런 권유를 하는 거야. 장난 아니지? 뭐야, 그게. 대박 웃기네. 그렇게 다 같이 이시게를 비웃는 장면까지 전부 다 상상했다.

그래서 이시게가 권유를 해온 건 예상 범위 안의 일이었지만, 설마하니 같이 사이비 종교 사기를 치자는 권유일 줄은 생각도 못 했다.

"이것저것 조사해봤거든. 영적인 거? 뭐 그런 게 여자들 사이에 유행이잖아. 그런 사이비 종교 만들어서 나랑 한밑천 벌지 않을래?"

"싫어."

나는 즉시 답했다. 거절에도 불구하고 이시게는 신이 나서 몸을 더 내밀고는 테이블 위에 정체 모를 자료를 펼쳤다.

"무조건 잘된다니까! 이래 봬도 조사 많이 했거든. 이 데이터 좀 봐봐. 사이비 종교는 나중에 들어갈 게 아니라 먼저 판을 깔아야 한다니까? 잘되면 1년에 수익이 이만큼이나 불어난다고. 꽤 괜찮은 건이라서 다른 사람에게 권할까도 생각했는데 술자리에서 느낌이 왔어. 나가오카는 중학교 때도 다른 애들이랑 달랐잖아. 머리도 좋고, 별로 다른 애들한테 휩쓸리지 않는다고 해야 하나. 이런 종류의 장사에는 그런 카리스마가 꼭 필요하다고 생각하거든."

"그렇게 상대의 재능을 치켜세우라고 어디 책 같은 데 적혀 있었지? 수법이 너무 뻔해. 이시게, 시작하기도 전부터 너무 엉성하잖아. 그런 거에 아무도 안 걸려들어."

내 지적에 이시게는 약간 겸연쩍어했지만 그럼에도 기죽지 않았다.

"아니, 대충 책에서 본 걸 떠드는 느낌으로 말하긴 했는데. 근데 진짜야. 그 녀석도 그랬거든."

"그 녀석이 누군데?"

"아, 저기 왔다."

이시게의 말에 '아아, 역시 이런 패턴인가' 하고 마음의 준비를 했다. 카페라테를 세 잔이나 마시는 동안 이시게가 누군가를 부르는 기색이 없어서 조금 방심했다.

여기에 오기 전부터 이시게가 내게 권유를 할 작정이면 분명 자신을 끌어들인 또 다른 누군가를 데려올 거라고 생각했다. 멍청한 이시게와 달리 그 인간은 말솜씨 좋은 강적일 가능성이 높다. 그걸 경계하기 위해 일부러 오가는 사람이 많은 음료 셀프바 옆에 앉았고, 가방을 무릎 위에 올려두고 모자도 벗지 않은 채로 안쪽 소파를 권해도 무시하고 문과 가까운 쪽 의자에 앉아 언제든 도망칠 수 있게끔 준비한 것이다.

"안녕하세요, 나가오카 씨."

나타난 사람이 아는 인물이라 당황했다. 중학교 동창인 사이카와다. 동창이라곤 해도 같은 반이었던 건 딱 한 번뿐이고 말을 섞은 적도 거의 없다. 어른스럽고 성실한 성격에 썩 눈에 띄는 캐릭터는 아니었지만, 영리하고 신뢰할 수 있는 학생으로 담임 선생님에게 예쁨을 받는 타입의 여자아이였다.

"너, 사이카와한테까지 이런 이상한 권유를 한 거야?"

나는 이시게를 노려보았다. 사이카와는 청소 당번이나 학급 위원회 일, 프린트를 거두는 일 등의 잡무를 야무지게 해내는 성격이었다. 성실해서 손해를 보는구나, 하고 생각하며 나는 그 모습을 늘 지켜보곤 했다. 어른이 된 지금도 성실한 사이카와를 이용해먹으려는 인간이 존재한다는 사실이 추잡스럽게 느껴졌다.

"아, 말 안 했었나? 대학생 때 나랑 사귀었어."

어쩐지 우쭐대는 이시게의 말에, 나는 놀라움을 감추지 못하고 되물었다.

"사이카와랑? 이시게가?"

"우리 같은 대학 다녔거든. 2년 정도 사귀었어. 근데 얘가 졸업 후에 다단계에 빠졌거든. 정수기 같은 걸 팔고 다녀서 그것 때문에 헤어졌어."

줄줄 지껄이는 이시게 옆에서 사이카와는 그런 자신이 부끄러운 듯 고개를 숙이고 있었다.

"맞아요……. 이런 이야기, 나가오카 씨가 알게 되는 거 부끄럽지만."

몸집이 작은 사이카와는 등을 구부리고 고개를 푹 숙여 온몸을 한껏 움츠린 자세로, 가냘픈 오른 손목을 작은 왼손으로 잡고는 스스로를 벌하듯 꾹 쥐었다.

"그래서 이 녀석이랑 완전히 연락을 끊었는데 이 일을 시작하려니까 문득 생각이 나는 거야. 그런 한심한 거에 걸려드는 녀석에게 이것저것 물어보면 비결을 알아낼 수 있지 않을까 싶어서. 세상에, 정수기라니까, 정수기! 요즘 세상에 그런 거에 걸려드는 놈도 있냐고 엄청 비웃었어, 그때."

나는 왜인지 화가 치밀어 이시게에게 따졌다.

"저기, 왜 말을 그런 식으로 해? 사이카와도 뭔가를 믿었으니까 그렇게 된 건데. 그걸 무시하는 건 좀 이상하지 않아?"

이시게와 사이카와 둘 다 내 반응이 의외였던 모양이다. 두 사람 다 이해하기 힘들다는 표정으로 내 얼굴을 빤히 들여다보았다.

"우리가 이제부터 그런 멍청이들을 속이려는 거잖아. 무슨 말 하는 거야, 나가오카."

말이 더 나오지 않는 나를 감싸려는 듯 사이카와가 말했다.

"내가 법률적인 것도 좀 조사해봤는데……. 의도적으로 속이는 건 사기야. 근데 진심으로 믿고 악의가 없으면 그레이존에 해당할 여지가 있어. 나가오카 씨도 아마 이런 부분을 말하고 싶은 게 아닐까 싶은데."

"그건…… 그렇긴 해. 그래서 그런 경우 피해자는 단념할 수밖에 없어. 눈에 보이지 않는 것에 쏟은 돈은 돌아오지 않거든."

내가 조용히 중얼거리자 이시게가 화색을 띠며 소리쳤다.

"엇, 뭐야. 나가오카, 많이 아네!"

"전에 친구가 이런 거에 속은 적이 있어서 좀 알아봤었어."

"뭐야, 그럼 이미 지식이 있는 거네! 역시 나가오카한테 말하길 잘했어. 든든한데! 그렇지, 사이카와!"

이시게는 큰 소리로 웃으며 사이카와의 등을 두드렸다.

갑작스러운 충격에 놀랐는지 사이카와의 왼손이 오른 손목에서 떨어져 나갔다. 손목의 새하얀 피부가 더욱 하얗게 물들어 꼭 플라스틱 인형 같았다.

어쩌다 보니 확실하게 거절하지 못한 채로 콧구멍 화이트닝 예약 시간이 다 되어, 사이카와가 차로 데려다주기로 했다.

"미안. 걸어가면 금방인데 도움을 받네."

"아니에요. 저도 근처 쇼핑몰에 볼일이 있어서."

오랜만에 만나서 거리감 파악이 안 되는지 사이카와는 간혹 높임말을 섞어 말했다.

"사이카와, 높임말 안 써도 돼. 동창이잖아."

"아, 그렇죠. 요즘 회사 사람만 만나다 보니 버릇이 돼서."

친구가 없는 건가. 멋쩍은 듯 웃는 사이카와를 보며 멍하니 생각했다. 나도 고향에 돌아와 아사미 무리와 재회하기 전까진 그랬다. 친구가 없어서 말을 나눌 상대라곤 회사 사람이나 집 근처 편의점 직원 정도밖에 없었다.

나는 오늘 이시게를 조롱하려고 여기에 왔다. 하지만 이제 그런 마음은 싹 사라지고 옆에서 운전 중인 사이카와에 대해서만 계속 생각하게 됐다. 그녀를 모욕하는 이시게를 보니 이시게를 비웃으려던 스스로가 부끄러워지기까지 했다.

"저기, 사이카와. 난 아직 같이 하겠다고 결정한 건 아니지만……."

이대로 꼬임에 넘어가면 큰일 날 거라고 어렵사리 말을 꺼내자, 사이카와는 쓰게 웃었다.

"그렇죠, 사이비 종교 사기라니. 심지어 그걸 아예 새로 만들자니. 나가오카 씨처럼 훌륭한 사람이 할 일이 아니라고 생각해요."

"사이카와는 왜 하려는 건데?"

"음……. 복수예요."

사이카와는 살짝 미소 지었다.

"무슨 복수?"

"저, 예전에 정수기 팔 때, 진심으로 믿었어요. 이건 세계 최고의 정수기고 사람들이 이 정수기로 건강해져서 행복해질 거라고요. 근데 막상 현실에선 친구들은 다 떠나고 빚만 잔뜩 생겨서 집에 민폐나 끼치고……."

나는 신중하게 말을 골라가며 조심스럽게 물었다.

"그러면 이제 더 이상 그런 종류…… 뭐라고 해야 하나, 세뇌하는 종류? 그런 거에 좀 트라우마가 생겨서 거리를 두고 싶어지지 않아?"

"맞아요. 보통은 그렇죠. 정수기 팔았던 거 솔직히 흑역사고, 그때 일을 아는 친구도 그 일은 금기라 말을 꺼내지 않아요. 근데 아마 그래서인지 모르겠는데…… 이시게가 오랜만에 페이스북으로 연락을 해서 이 이야기를 꺼냈을 때 생각했어요. 아, 복수하자, 하고요."

무엇에 대해 복수한다는 것일까. 처참하게 돈을 뜯겼으니 이번엔 되갚아주자는 의미일까?

"아, 여기죠? 미용 이비인후과. 전에는 평범한 이비인후과였는데."

"아, 맞아, 여기."

"콧구멍 화이트닝이라는 게 있군요. 몰랐어요."

"아, 응. 해외에서는 다들 한대."

나는 안전벨트를 풀고 차 문을 열었다.

"고마워, 태워다 줘서."

"아니에요."

"사이카와, 진짜 높임말 안 써도 돼."

"아, 또 그랬네. 다음번엔 고칠게요."

사이카와는 부끄러운 듯 입을 틀어막았다.

차 문을 닫자 사이카와는 천천히 고개를 끄덕여 인사했다. 미용 이비인후과의 문 앞에서 문득 돌아보았을 때, 사이카와의 하늘색 차는 여전히 그 자리에 있었다. 사이카와는 차 안에서 계속 나를 지켜보고 있는지도 몰랐다.

"말도 안 돼. 엄청 웃긴데, 미키 이야기."

내 이야기를 들은 아사미는 폭소를 터뜨리며 품 안의 아이를 추슬렀다.

1년쯤 전, 동창들과 연결되어 있는 SNS에 오랜만에 로그인해서 잠시 본가에 돌아와 있음을 알렸고, 아무런 반응이 없는 와중에 아사미만 댓글을 달아주었다. 결혼 후 본가 근처 아파트를 사서 살고 있는 아사미는 가끔 이렇게 집에서 하는 다과회에 나를 불러준다. 다과회 멤버와 학창 시절 친했던 건 아니어서 이야기에 따라가지 못할 때도 있지만 다들 사교성이 좋아 무슨 말이든 웃으며 들어준다.

그래도 역시 재밌는 '이야깃거리'를 가지고 있으면 더 즐거워하고 좋아한다. 나는 모두의 관심을 끌 화제가 전혀 없는 게 겸연쩍어서 무심코 이시게 이야기를 하고 말았다.

중학교 때부터 여자에게 별로 인기가 없던 이시게의 사기 계획 이야기에 모두가 폭소를 터뜨렸다. 다들 웃으니 마음이 놓이면서 내가 여기 있어도 되는 시간이 조금 연장된 기분이 들었다.

"종교 사기가 그렇게 간단할 리가 없잖아. 이시게한테 속는 녀석도 있어?"

"사이카와가 엮여 있는 것도 의외야. 뭘까, 돈이 궁한가?"

사이카와의 이름이 나오자 나는 갑자기 마냥 웃을 수 없게 되었다. 원래는 이시게 이야기만 할 생각이었고, 사이카와의 이름을 꺼낼 마음은 없었다.

"미키, 왜 바로 거절하고 도망 안 갔어?"

다들 신이 나서 추궁하자, 한심한 제안에 걸려들 뻔한 멍청이 취급을 받는 게 아닐까 싶어 갑자기 무서워졌다. 그래서 순간적으로 그녀의 이름을 꺼내고 말았다.

"응, 그러니까, 그것만 아니었으면 바로 도망쳤을 텐데, 사이카와가 걱정이 돼서. 평소 같았음 이시게의 그런 하찮은 헛소리 절대 끝까지 안 듣지."

변명하듯 말하자 다들 고개를 끄덕여주었다.

"응응, 맞아. 사이카와는 옛날부터 마음이 약해 보였어. 이시게 같은 인간한테 속지 않았으면 좋겠는데."

"아, 근데 나 옛날에 사이카와한테 이상한 전화 받은 적 있어."

아사미와 사이가 좋은 마유가 논알코올 와인을 마시며 퍼뜩 생각난 듯 고개를 들었다.

"같은 동아리에다 집이 같은 방향이었는데, 뭐 같이 하교할 땐 얘기도 좀 했지만 친구라고 할 정도는 아니었거든. 그래서 졸업 후엔 전혀 연락을 안 했어. 근데 막 취직했을 때쯤인가? 본가에 전화가 걸려 온 거야."

"아, 위험해, 위험해. 그 시점에서 이미 위험해."

케이크에 포크를 꽂으며 게이코가 웃는다.

"그래서 이건 만나면 위험하겠다고 딱 느낌이 와서 자세히 물었더니 정수기 판매라는 거야."

"와, 정수기! 엄청 뻔한 거네."

다들 폭소했지만 나는 멍청하게 입을 벌린 채 얼굴 근육에 힘을 주어 최대한 웃음기를 띤 모호한 표정으로 얼버무릴 수밖에 없었다.

"아, 그럼 그건 애초에 소질이 있는 거야. 그런 거에 걸려들 운명인 거지."

"소질이라니?"

내가 진지하게 묻자 아사미가 약간 귀찮다는 듯 살짝 인상을 썼다.

"그러니까, 그런 거에 낚이는 사람들은 잠재적으로 자기는 사실 이렇게 살 사람이 아니라고 생각하거나, 일하지 않고 편하게 돈 벌고 싶다는 그런 바람을 갖고 있는 거야. 멍청하니까 걸려드는 거지. 한마디로 바보라는 거야."

"뭐야. 좀 불쌍하다 싶었는데 원래 '그런 사람'인 거잖아. 그럼 방법이 없네. 무시하는 게 최고야."

"맞아. 옆에 있으면 옮아."

나는 사이카와를 감싸고 싶었지만 떠오르는 말이 없었다.

방금까지 비슷한 말로 이시게를 조롱한 건 다름 아닌 나 자신이었다.

"와, 아사미, 이거 론바바론틱 접시 아니야?"

아사미가 노끈 무늬가 들어간 선사시대 토기 같은 흙색 접시에 과일을 담아 테이블 위에 두자 미카가 탄성을 질렀다.

"대단해, 너무 멋져……! 이 시리즈, 얇은 접시 하나에 50만 엔 정도 하지?"

"와, 식탁이 순식간에 화려해지네. 나도 하나 갖고 싶다, 론바바론틱……."

"론바바론틱이 뭔데?"

내가 궁금해서 물으니 마유가 웃었다.

"미키, 모르는 거야? 그럴 수가 있나? 다들 동경하는 접시잖아."

"아니, 난 그런 거 동경해본 적이 없어서. 실제로 존재하는 거였어?"

미카가 웃음을 터뜨렸다.

"미키, 너무 일만 하는 거 아냐? 말도 안 돼, 여자인데 론바바론틱을 모른다니."

미카 옆에서 게이코가 접시 가장자리 쪽 노끈 무늬를 슬쩍 어루만졌다.

"아니다, 근데 모르는 게 나아. 알면 갖고 싶어지니까. 나도 론바바론틱 찻잔을 샀는데, 네 세트를 전부 모았더니 200만 엔이 넘더라. 포트까지 사면 700만 엔인데 그건 진짜 무리였어."

"무서워. 론바바론틱에 빠지면 보너스는 예사로 날아가잖아."

"그래도 갖고 싶지, 론바바론틱……."

다들 넋을 잃고 들어본 적도 없는 론바바론틱이라는 접시에 대해 말하는 모습이 무척 기묘하게 느껴졌다.

사이카와의 정수기와 다들 몇십 만씩 척척 내는 론바바론틱은 대체 뭐가 다른 걸까. 몇 년 전까지만 해도 론바바론틱 따위 아무도 몰랐다. 그 무렵 회사 동료 결혼식이 많아 고급 식기 브랜드에 대해 샅샅이 조사했기 때문에 잘 안다. 그럼에도 지금은 다들 론바바론틱에 푹 빠져 있다.

정수기는 사기, 론바바론틱은 '진짜'. 나는 혼란스러워졌다.

다들 황홀한 표정으로 선사시대 토기로밖에 보이지 않는 론바바론틱 식기 위에 놓인 과일을 집어 먹는다. 나는 그 광경에 섬뜩함을 느끼며 대충 맞장구를 쳤다.

"와. 대단하네. 역시 뭔가 접시로서의 박력감이 달라. 좋은 물건은 보면 티가 난다니까."

"아, 맞다. 저번에 소개한 콧구멍 화이트닝 어땠어?"

아사미의 물음에 황급히 고개를 끄덕인다.

"아, 응, 엄청 좋았어! 아프지도 않고 완전 새하얘졌어."

"와, 대박, 보여줘, 보여줘!"

모두가 내 콧구멍 안을 들여다본다.

"와, 진짜로 하얗다."

"이렇게 해서 얼마야?"

나는 잠시 주저하다가 갈라진 목소리로 "5만 엔" 하고 말했다.

"엄청 싸네! 내가 한 데는 한 번에 10만 엔 넘는데!"

"그 가격에 이 정도 효과면 최고잖아. 나도 다음번엔 거기로 갈까."

그렇게 말하며 고개를 끄덕이는 모두의 콧구멍이 전부 하얗다. 이것도 몇 년 전까진 절대 아무도 하지 않았다.

정말 콧구멍을 하얗게 만들 필요가 있는 걸까? 이 치료의 원가는 얼마일까?

"5만 엔에 이 정도면 진짜 최고지! 무조건 추천!"

머릿속에 떠오른 말을 전부 삼키고서 그렇게 외쳤다.

이튿날인 일요일, 패밀리 레스토랑에 가니 이시게와 사이카와가 나란히 앉아 있었다. 이시게는 노트북으로 무언가를 타이핑 중이었다.

“어, 나가오카, 늦었네.”

손을 흔드는 이시게를 보고 인상을 찌푸리며 자리에 앉았다.

“저기, 난 아직 하겠다고 결정한 건 아니거든?”

“알겠어, 알겠어. 지금 큰 틀을 정하는 중이었어. 좀 봐봐.”

화면을 보니 ‘종교까지는 아닌 수준의 영적인 단체→법적으로는 그레이존을 노릴 것!!’ ‘안건 ①파워스톤 액세서리 ※다른 곳과 겹치지 않는 것(코걸이?) ②행복해질 수 있는 항아리 ※수제 ※다른 곳에는 없는 디자인(웨지우드 베끼기?)’ 등등이 적혀 있었다.

“이게 뭐야, 장난이지? 너 진심으로 이런 게 잘될 거라고 생각하는 거야? 이시게, 진짜 진지하게 생각하고 있는 거 맞아?”

“아니, 난 이런 거 잘 모르니까.”

“그러니까 안 된다고. 쉬워 보여도 지식이 필요해. 아마추어가 갑자기 할 수 있는 일이 아니야. 저기, 사이카와?”

“응?”

“사이카와는 어떻게 생각해?”

나는 사기 행위 자체를 어떻게 생각하는지 물은 것이었는데, 사이카와는 작은 목소리로 부끄러운 듯이 말했다.

"천동설은 어떨까……?"

"천동설……?"

"얼마 전에 뉴스에서 봤는데, 미국에 아직도 천동설을 믿는 사람이 있대. 직접 로켓을 만들어서 확인할 거라고 인터뷰에서 말하더라고. 그걸 보고 생각했어. 그러고 보니 난 왜 지동설을 믿는 걸까, 하고."

"왜라니……."

과학적으로 증명되었으니까. 학교에서 배웠으니까. 인공위성이 찍은 지구 영상을 TV에서 봤으니까. 머릿속에 몇 가지 대답이 떠올랐지만, 전부 다른 사람에게 얻은 정보일 뿐 몸소 지동설을 체감한 적은 한 번도 없었다.

"물론 진짜로 천동설을 믿을 필요는 없어. 어쩌면 천동설이 옳을지도 모른다고, 다 같이 별을 보면서 그냥 상상해보는 거야. 옛날 사람들은 정말로 그런 세계에 살았던 거잖아? 그 사람들과 영혼으로 교감하면서 정신만 고대로 타임슬립해서 마음을 치유하는 거지."

"사이카와……."

"그런 힐링 테라피가 있으면 멋질 거 같아서."

사이카와는 뺨을 살짝 붉히고 부끄러워했지만, 나는 그게 무슨 말인지 전혀 이해할 수 없었다.

문득 사이카와가 일전에 말했던 '복수'라는 말이 떠올랐다.

사이카와는 무엇에 복수하려는 걸까. 사이카와의 정수기를 믿지 않았던 우리에게 복수하려는 느낌이 들어 조금 무서워졌다.

"일단은 사람을 모아서 그런 테라피 비슷한 걸 하는 거야…… 음, 처음엔 1회에 10만 엔 정도가 딱 적당하지 않을까 싶은데."

"뭐? 그렇게 많이 받아?"

나는 기겁했지만 사이카와는 차분했다.

"사기를 당해봐서 알아. 비싸면 더 믿게 돼. 비싼 돈을 낸 자신을 부정하고 싶지 않은 데다, 무리해서 돈을 내면 더 특별한 경험이라고 느껴져서 새로운 곳으로 갈 수 있게 되거든."

"새로운 곳이라니?"

그러고 보니 사이카와는 이제 정말 높임말을 쓰지 않는다. 그런 아무 상관도 없는 생각을 하며 바싹 마른 목에 침을 삼키고는 물었다.

"몰라. 하지만 그만큼의 무언가가 믿는 사람의 영혼에 되돌아갈 거라고 생각해."

사이카와는 허공을 보고 있었고, 무슨 생각을 하는지 알 수 없었다.

"오, 뭐야. 꽤 그럴싸해지는데. 넌 역시 한 번 속아본 사람답네. 그럼 일단은 그 테라피인지 뭔지를 열어서 멍청한 여자들이 진짜 걸려드는지 실험해볼까?"

나는 어떻게든 이걸 멈춰야 할 것 같아 이시게를 말렸다.

"아니, 어느 정도 제대로 결정한 후에 해야지."

"근데 일단은 돈도 필요하잖아. 내가 일하는 데서 아르바이트를 하는 여자애 중에 엄청 쉽게 속을 것 같은 녀석이 있거든. 우선은 그 녀석한테 10만 엔 뜯어내보자. 엄청 웃길걸. 얼마나 한심할까."

나는 이시게의 비열한 말투가 불쾌했다.

"앞으로 속일 사람을 그런 식으로 말하지 마."

순간 날카로운 목소리로 나무랐다.

"속이려는 상대를 존중해야 해. 믿는 사람도 바보가 아니야. 무시하면서 속이려 드는 건지 아니면 본인도 정말로 믿고 있는 건지 바로 티가 날 거야."

"무슨 소리야? 속인다는 건 속는 사람보다 우수하다는 뜻이야. 우리는 그런 호구보다 한 수 위의 카드를 가지고 있는 거잖아?"

"그렇지는 않은 거 같은데? 속는 사람도 물론 세상 물정을 모르거나 어수룩한 면이 있을 수 있지만, 속이는 사람만큼 타락하진 않았어. 누군가를 속인다는 건 인간으로서 그만큼 밑바닥이라는 뜻 같은데."

"뭐야, 나가오카, 내가 밑바닥이라고 말하고 싶은 거야? 너도 똑같잖아. 참여했으니까."

"난 아직 한다고 말 안 했어."

"그럼 빠져. 우리 비즈니스의 영업 비밀을 더 이상 알려줄 순 없으니까."

"그런 조잡한 영업 비밀, 그렇게 잘난 척할 수준도 아니잖아. 나는 사이카와가 걱정돼서……."

나는 사이카와 쪽으로 몸을 내밀고 테이블 위에 놓인 사이카와의 얇은 손목을 꽉 쥐었다.

"사이카와, 나랑 같이 빠지자. 이런 거 관두자, 응? 현실적이지 않아, 이런 거."

사이카와는 나를 가만 바라보더니 천천히 고개를 저었다.

"난 어떻게든 계속하고 싶어. 나가오카는 빠져. 이 일은 그냥 잊는 게 좋을 거야. 나가오카하고는 안 맞으니까."

나는 왠지 버려진 기분으로 사이카와를 내려다보았다.

사이카와를 '현실'로 권유할 몇 가지 말을 필사적으로 머릿속에 떠올렸지만, 다부지게 의자에 앉아 있는 사이카와의 마음을 움직일 수 있을 것 같지 않아 입 밖에 꺼내지 못하고 삼켰다.

나는 고개를 숙이고 의자에서 일어섰다. 이시게가 음료값으로 '300엔'을 요구하기에 정확히 280엔을 꺼내 테이블 위에 두고, 고개를 숙인 채 패밀리 레스토랑에서 도망쳐 나왔다.

집에 돌아와 문을 여니 집 안이 어둑어둑하고 아무도 없었다. 정년퇴직한 아버지는 봉사 활동에 눈을 떠서 휴일이면 산책길 쓰레기 줍기에 참여할 때가 많다. 어머니는 몸을 움직일 수 있는 동안엔 노후를 위해 돈을 벌어두고 싶다며 아르바이트를 한다.

나는 "다녀왔습니다" 하고 작게 중얼거리곤 2층으로 올라갔다. 잰걸음으로 내 방 앞을 지나 더 안쪽에 있는 여동생 방의 문을 열었다.

반년 전까진 여기에 여동생이 살았다. 가구도 책장도 그대로인 방으로 들어가 침대에 누웠다. 이 방에 늘 감돌던 여동생의 냄새는 이제 거의 다 사라졌다.

나는 어릴 적부터 '현실'이야말로 우리를 행복하게 해줄 진실한 세계라고 생각했다.

나는 나 자신뿐만 아니라 주위 사람에게도 그걸 계속해서 권유했다.

초등학생 시절, 마을 축제는 내 최고의 활약 무대였다. 불빛이 들어오는 머리띠를 사려는 친구에게 "사지 마. 저런 거 원가는 100엔 정도밖에 안 해. 바가지야"라고 주의를 주곤 동네 할아버지와 할머니에게 야무지다고 칭찬을 들었다.

"달고나 하나에 200엔? 진짜 말도 안 돼."

"이 빙수, 얼음이랑 시럽밖에 안 들었는데 500엔이라니 바가지야. 저쪽 가게에 가자, 200엔 하더라."

"미키는 똑똑하네, 멋있어."

바가지요금을 척척 파헤치는 나를 여자애들은 극구 칭찬했다.

"고마워, 나 저쪽 비싼 가게에서 빙수 사 먹을 뻔했잖아. 이쪽 노점이 훨씬 싸네!"

"고마워!"

"미키, 고마워!"

감사 인사는 나를 황홀하게 만족시켰다. 나는 친구와 가족, 사랑하는 사람들이 무심코 속아 넘어가 손해를 보지 않도록 더욱더 눈을 번뜩였다.

그렇게 "원가가 얼만데?"는 내가 가장 좋아하는 말이 되었다.

그러나 점차 커가면서 친구들은 점점 나의 이 말을 싫어하게 되었다.

귀여운 브랜드의 액세서리와 명품 옷으로 치장하는 친구를, 나는 더 행복하게 만들어주고 싶었다. 친구가 속는 것을 참을 수가 없었다.

"그 명품 가방 원가가 얼마야? 그거랑 비슷한 거 아메요코시장*에 가면 3천 엔에 팔아."

"이 커피숍 커피, 이 양에 800엔은 비싸지 않아?"

"뭐? 스킨이 만 엔이라고? 농담이지? 여기 성분 좀 봐봐. 내

* 도쿄 우에노역과 오카치마치역 사이 좁은 거리에 위치한 도쿄 최대 규모의 재래시장.

가 마쓰키요*에서 산 400엔짜리랑 성분이 거의 똑같지?"

나는 친구를 행복하게 해주고 싶어서 하는 말인데 다들 내 지적에 표정이 어두워졌다. 사람들은 모두 눈에 보이지 않는 반짝이는 것에 돈 쓰기를 아주 좋아했다. 그건 바가지라고 아무리 말을 해도 다들 눈에 보이지 않는 환상에 돈 쓰기를 절대 멈추지 않았다.

"미키랑 있으면 뭔가 좀 깨."

대학생 때, 친구가 툭 뱉어내듯 했던 말을 또렷이 기억한다. 드디어 돈 낭비를 부추기는 악인들이 보여주는 꿈에서 깨어났나 했더니, 모처럼 텐션이 올라 행복한 기분인데 흥이 깨진다는 뜻인 듯했다. 하지만 눈에 보이지 않는 것에 돈을 쓰고 속아 넘어가서 통장을 보고 후회하게 되는 건 결국 본인이다. 몇 번이나 그렇게 설득해도 다들 한숨을 쉬며 무시했다. 혐오감을 드러내는 친구도 있었다.

취직 후 회사 회식 자리에서 친해져 사귀게 된 첫 남자친구는 나의 그런 면을 '건실해서 좋다'고 말해주었다.

* 마쓰모토 키요시의 약칭. 일본 최대의 약국 체인점으로 약과 화장품, 생필품 등을 다양하게 판매한다.

그러나 로맨틱한 레스토랑, 값비싼 액세서리, 품위 있는 고급 료칸 등에 대해 "이거 너무 비싸지 않아?" "자릿세는 뭐야? 바가지 아니야?" 하고 일일이 지적하는 내게 남자친구는 점점 지쳐가는 듯했다.

디즈니랜드에서는 거의 아침부터 밤까지 신경질적으로 굴었다. "이 팝콘이 이 가격이라고!? 이 머리띠가 이렇게 비싸!? 원가가 얼마기에!? 다들 속는 거야! 말도 안 돼!" 나는 가는 곳마다 그렇게 외쳤고, 신데렐라 성 앞에서 한 아이가 비싼 미키 마우스 풍선을 사는 모습을 보고는 비명을 질렀다.

"좀 지치네. 약간은 속고 사는 편이 더 행복하지 않을까 싶어졌어."

결혼에 대해 상의하다가 결혼식장의 너무 심한 바가지요금에 눈을 부라리며 "저 가격이 말이 돼!? 저건 사기야, 사기" 하고 열변을 토하는 내게 그는 말했다.

나의 유일한 이해자였던 소꿉친구 유카도 그녀가 다니는 마사지 숍의 가격과 네일 숍 가격을 캐물어서는 "그런 거 이제 그만해, 봐봐, 사기 맞지?" 하고 증거 자료를 들이밀며 집요하게 구는 내게 어느 날 "이제 한계야. 더는 힘들어"라고 띄엄띄엄 작은 신음 소리를 쥐어짜내며 말했다.

"물론 미키 말이 옳을지도 몰라. 근데 그래서 더 싫어. '현실' 속에는 꿈 같은 것들도 포함되어 있는 거 아닐까? 꿈이나 환상에 쓰는 돈이 없어지면 인생의 즐거움이 다 사라지잖아?"

"나는 내가 좋아하는 유카를 행복하게 해주고 싶으니까, 네가 속지 않았음 해서……."

유카는 나를 똑바로 바라보았다.

"고마워. 내 소중한 환상을 전혀 존중하지 않고 모조리 때려 부숴줘서 정말로 고마워. 앞으로 나는 마사지 숍에 가도, 네일을 받으러 가도, 호텔에서 식사를 해도 늘 네가 들이민 '현실'이 머릿속에 떠오르는 인생을 살게 될 거야. 그게 진짜 행복한 인생이라고 생각하는 거라면 정말 고마워."

일곱 살 어린 여동생은 나와는 정반대로 세상 물정에 어두운 성격이었다. 여동생은 대학을 자퇴하고 계속 아르바이트를 하며 틀어박혀 지냈다. 거기서 그치지 않고 인터넷에서 만난 친구와 액세서리 가게를 열기 위해 고액의 창업 세미나에 다닌다며, 난처해진 어머니가 내게 전화를 했다.

나는 여동생을 반쯤 가둬버릴 생각으로 의기양양하게 집으로 돌아갔다. 여동생을 행복하게 만들겠다는 정의감으로 가득 찬 나는 터무니없을 만큼 생기 넘치는 상태였다.

나는 매일 아침 세미나에 가려는 여동생 옆에서 동생이 어떻게 사기를 당하고 있는지 요란스럽게 떠들고, 비슷한 창업 세미나 사기를 당한 사람의 블로그 글을 인쇄해 화장실 벽에 빽빽하게 붙였다. 또 세미나 사기를 다룬 뉴스를 녹화해서 저녁 식사 시간부터 여동생이 잠들기 전까지 끝도 없이 틀어두었다.

마지막으로 여동생을 만났던 날의 일은 생생히 기억한다. 그날은 평일이었고, 나는 도쿄에서 열리는 세미나에 가려는 여동생을 말리기 위해 아침부터 현관에서 대기 중이었다. 아이폰 화면을 들이밀며 유튜브에서 발견한 '완벽주의 여성*이 빠지기 쉬운 창업 세미나 사기의 실태! 체포 현장에 잠입!'이라는 영상을 시끄럽게 틀어두고 문 앞에서 소란을 떠는 내게 여동생이 차갑게 말했다.

"언니의 '현실'이라는 거, 거의 사이비 종교 수준이네."

나는 여동생의 의미 모를 말에 고개를 갸웃했다.

* キラキラ女子(반짝반짝 여성). 인스타그램 등 SNS상에서의 평판에 민감하며 일과 사생활에 완벽을 기하고, 메이크업이나 패션 등의 자기 관리에 심혈을 기울이는 여성을 칭하는 표현.

"무슨 소리야? 사이비 종교 같은 수법에 넘어가기 직전인 사람은 너잖아. 내가 이렇게! 이렇게! 널 위해서 말하는데도!"

여동생은 대꾸도 없이 나를 밀쳐내더니 날카롭게 소리치는 나를 두고 세미나로 달려갔다.

여동생이 돌아오지 않은 건 그날부터였다. 회사 점심시간에 여동생이 돈을 쏟은 여성 대상 창업 세미나가 사기로 고발당했다는 뉴스가 인터넷에서 퍼지고 있는 것을 발견했을 때, 나는 더없이 기뻤다. 역시 사기였다. 이거 봐. 내 말이 맞았잖아? 아아, 다행이다. 나는 이제 드디어 여동생이 돌아오겠거니 생각했다. 내가 사랑하는 '현실'로, 여동생이 돌아온다.

"그런 거에 빠지면 결국 따끔한 맛을 보고 돌아오게 돼 있다니까요. 뭐, 수업료라고 생각해야죠. 이젠 현실을 조금이나마 깨닫고 학을 뗐을 거예요."

들떠서 조금 우쭐대는 말투로 회사 사람에게 그렇게 말했던 것을 기억한다. 그 당시 나는 마침내 나의 '현실'이 승리했다고 생각했다. 현실이야말로 진정한 행복이라는 사실을 드디어 여동생이 알게 되었으리라고 생각하면 더할 나위 없이 흥분되었다.

그러나 실제로는 그날 밤부터 여동생은 집에 돌아오지 않왔다.

내 번호는 차단당한 상태였다. 부모님에게는 이튿날 아침에 연락이 왔고, 세미나에 쓴 돈은 스스로 일해서 대출로 갚겠지만 액세서리 사업을 하겠다는 꿈은 포기하지 않겠다고 말했다고 한다. 언니가 있는 집에는 돌아가고 싶지 않으니 한동안 친구 집에 신세를 지겠다는 말도 함께.

"왜? 왜 나랑은 만나려고도 하지 않는 거야?"

어머니는 말을 꺼내기가 곤란한 듯 말했다.

"언니랑 있으면 인생의 즐거움을 다 뺏긴다고 하더라고. 걔가 좀, 그, 현실적이지 못한 구석이 있어서 걱정하는 마음은 알겠지만, 조금은, 저기, 그 아이의 가능성이랄까, 그런 걸 좀 더 인정해줘야 하지 않을까……."

어이가 없었다. 나는 여동생이 손해를 보지 않도록, 사기를 당하지 않도록 현실을 보여주려 했을 뿐이다. 즐거움을 빼앗은 건 오히려 사기꾼들이 아닌가. 하지만 여동생은 그렇게 생각하지 않는 모양인지, 내가 있는 집에는 절대 돌아오지 않는다.

나는 늘 만나는 사람 모두에게 '현실'을 '권유'했다. 그게 모든 이의 행복이라 믿어 의심치 않았다.

마지막으로 만났던 날 여동생이 한 말이 머리에서 떠나질 않았다. 나의 현실은 사이비 종교라는 말. 정말 그런 걸까. 듣고 보니 내 모습이 정수기나 천동설 테라피를 권유하는 인간의 모습과 어디가 다른지 알 수 없었다. 완전히 자신감을 잃은 나는 오랜만에 만난 아사미와 동창들의 가치관에 종속되기로 했다. 원가보다 훨씬 비싼 옷을 입고, 원가의 열 배는 되는 가격의 커피를 마시고, 원가보다 스무 배나 비싼 고급 과자를 사들고 아사미네 집에서 하는 다과회에 얼굴을 비추고, 콧구멍 화이트닝까지 받았다. 하지만 왜 이런 것에 이렇게까지 돈을 쓰는 걸까, 하는 마음은 사라지지 않았다.

이시게에게 권유를 받았을 때, 그를 비웃음으로써 '현실'을 향한 나의 신앙을 되찾으려 했는지도 모른다. 그러나 아직 완벽하게 되찾지도, 그렇다고 포기하지도 못한 상태였다.

내가 사이카와에게 '권유해줬으면 좋겠다'고 전화를 건 것은 패밀리 레스토랑에서 헤어진 지 한 달쯤 지났을 때였다.

나는 다시 본가를 나와 저렴한 아파트에서 살기 시작했다. 내가 집을 나가자 여동생은 본가에 돌아올 계획을 세우는 모양이라고 어머니에게 전해 들었다. 이렇게나 여동생을 걱정하는데, 막상 나는 행복을 방해하는 존재로 인식되고 있었다.

"오랜만이야."

사이카와는 전과는 분위기가 많이 달라져서 나타났다. 하얀 모자를 쓰고 하얀 셔츠에 하얀 스커트를 입고 하얀 양말과 신발을 신었다. 그냥 흰색으로 통일했을 뿐인데, 아담하고 피부가 흰 사이카와는 조금 기이하면서도 묘하게 신비로워 보였다.

그때와 똑같은 휴일 패밀리 레스토랑에서, 오늘의 사이카와는 유독 눈에 띄었다. 사이카와의 오른 손목엔 하얀 돌로 만든 팔찌가 잔뜩 매달려 있었다.

"뭔가, 그, 좀 변했네, 사이카와."

"아니야."

사이카와는 쑥스러워했지만 그럼에도 전보다 훨씬 자신감 넘치는 느낌이었다.

"옷이나 분위기가 달라진 것 같아."

"아, 근데 이건 좀 급조해서 그럴싸하게 만든 것뿐이야."

사이카와는 멋쩍은 듯 팔찌에 달린 돌을 만지작댔다.

"교주가 되라고 하기에. 그래서 좀 그런 분위기가 나는 걸 착용한 거야."

"그렇구나."

"썩 재능이 있는 것 같지는 않지만."

"아냐. 사이카와는 사람의 마음을 파고드는 뭔가를 가지고 있어. 믿고 싶게 만드는 재능이 있는 것 같아."

나는 솔직하게 말했다. 사이카와는 "아니야" 하고 부끄러운 듯 고개를 숙였다.

"곧 첫 테라피가 있을 거야. 물론 그렇게 많은 사람이 모이진 않았지만."

"몇 명 참가하는데?"

"네 명."

처음치고는 많은 것 같기도 하고 적은 것 같기도 했다. 그러나 그 사람들 모두가 10만 엔을 냈다고 생각하면, 역시 나로서는 상상도 할 수 없는 일이었다.

"그렇구나. 그거 지금도 신청 가능해? 어떻게 신청하는데?"

"엇, 나가오카, 설마 신청하려고?"

"응."

사이카와는 난처해 보였지만 그래도 스마트폰으로 인스타그램을 보여주었다.

"여기 있는 링크에 시간과 장소가 적혀 있으니까 이 링크로 들어가서 메일 폼으로 신청하고 돈을 선입금하면 참가할 수 있어. 근데 왜?"

"속는 재능을 가진 사람이 되고 싶어."

사이카와는 내 말을 곧바로 이해하진 못했는지 살짝 웃으며 "재능" 하고 중얼거렸다.

"응. 재능. 대부분의 사람들이 많든 적든 뭔가에 속으면서 살잖아. 이시게만 봐도 그렇게 사기를 무시하는 주제에 2천 엔이나 하는 에너지드링크를 마시고, 정수기로 1리터에 만 엔이나 하는 물을 마시고, 인터넷에서 고가의 탈모약을 사고, 원가가 만 엔도 하지 않는 100만 엔짜리 시계를 차잖아. 조금 알아봤는데, 이시게가 이런 일을 시작한 건 손목시계에 빠지는 바람에 대출을 갚을 돈이 필요해져서야. 환상에 속아 넘어갔기 때문에 환상을 팔려는 거지. 이시게의 손목시계, 금도 아니고 백금도 아니야. 원가가 얼마일 거라고 생각해?"

"조사를 많이 했네. 근데 그러면 더더욱 굳이 왜 이 사기 세미나에 참가하려는 거야?"

"사이카와는 이시게랑 달라. 사이카와는 '속는 쪽'의 인간을 사랑하니까. 있잖아, 나도 그쪽으로 데려가줘. 내 눈에 돌멩이는 그냥 돌멩이로만 보이고, 플라스틱은 그냥 플라스틱으로밖에 느껴지지 않아. 근데 다들 뭔가가 아니라 눈에 보이지 않는 무언가에 돈을 내잖아. 그걸 사랑하고. 눈에 보이지 않는 환상을 공유해. 나도 그쪽으로 가고 싶어. 흉내라도 내보고 싶어서 동창들이 하는 콧구멍 화이트닝까지 해봤는데 잘 안 됐어. 속지를 않아. 속는 재능이 없는 거야. 사이카와라면 나를 속일 수 있을지도 모른다는 생각이 들었어."

"왜 그렇게 생각하는데?"

사이카와는 나를 똑바로 보면서 물었다.

"사이카와는 그 누구보다 '신앙'하는 사람이니까……."

목소리가 갈라졌다.

"사이카와는…… 사실은 전혀 사기라고 생각 안 하지? 사기라고 말할 때가 오히려 거짓말인 거지? 난 알 수 있어. 계속 봐왔으니까. 사이카와의 눈은 정말로 '신앙'하는 거야. 쭉 그걸 봐와서 알아."

나는 눈을 황홀하게 반짝이는 사람들을 계속해서 '현실'로 끌어들여왔다. 그것만이 거의 내 인생의 전부였다. 나의 '신앙'에 진절머리가 난 얼굴을 하고, 때로는 진심으로 화를 내며 모든 사람이 떠나갔다. 나야말로 '눈을 떠야' 하는 게 아닐까. 사이카와라면 나를 모두의 세계로 '데려가'주지 않을까.

사이카와는 내 말에 순간 미소 지었다. 그러고는 전신의 근육과 피부를 일절 움직이지 않고 입술만을 조용히 진동시켜 무언가에 맹세하듯 "네" 하고 속삭였다.

"나는…… 이 종교 단체를 '진짜'로 만들고 싶어."

역시 그렇구나. 온몸이 떨리고 마음속에 기쁨이 퍼졌다. 사이카와의 창백한 얼굴이 레스토랑 한구석에서 빛을 발하는 것처럼 보였다.

"난 정말 정수기로 사람들을 행복하게 만들어주려고 했어. 모두를 위해서. 이번에야말로 진짜 행복하게 만들어주고 싶어. 시작은 사이비 종교라 해도 그걸로 전 세계 사람이 구원받는다면 그건 진실이 되는 거야. 그렇게 생각하지 않아?"

나는 처음부터 사이카와의 올곧음이 무서웠다. 그와 똑같은 올곧음으로 주위 사람들에게 '현실'을 계속 권유해온 나의 모습과 겹쳐졌기 때문이다.

"나 참가할게. 근데 딱 하나, 그, 이시게의 존재가 거슬린다고 해야 하나, 없는 게 나을 것 같은데."

"그건…… 나도 고민 중이긴 한데, 홈페이지 만드는 거라든지 테라피 장소 예약 같은 실무를 하고 있어서."

사이카와는 곤란한 듯 웃었다. 나는 사이카와가 얼른 나를 세뇌해주면 좋겠다고 생각했다.

"나 그런 거 엄청 잘해. 사이카와, 나를 세뇌해줘. 그럼 회사 관두고 그거 전부 다 내가 할게."

사이카와는 눈을 조금 둥그렇게 떴지만, 이내 고맙다며 고개를 끄덕였다.

"그럼 열심히 힘내서 나가오카를 세뇌해볼게."

나는 고개를 끄덕이며 창백한 얼굴로 미소 짓는 사이카와의 두 손을 꼭 쥐었다. 전과 달리 사이카와의 손에는 체온이 거의 없어서, 살짝 젖어 있는 돌을 만지는 느낌이었다.

테라피 당일, 우리는 이시게가 운전하는 6인용 승합차를 타고 정해진 장소로 향했다.

차 안에는 대학생으로 보이는 여자가 둘, 나보다 약간 어려 보이는 30대 여자, 그리고 70대 정도 되는 여자가 한 명 있었다.

집합 장소에서 나를 발견한 이시게는 곧바로 내 눈을 피했다. 사이카와가 잘 말해두겠다고 했었다. 이시게는 내가 정말로 이걸 믿어서 이 차에 탔다고 알고 있는 모양이었다.

여기 모인 사람들 모두가 사이카와의 테라피에 10만 엔을 지불했다.

사이카와를 만난 이튿날, 나도 지정된 계좌에 10만 엔을 보냈다. 이건 멀리 나아가기 위한 돈이라고 스스로를 타일렀지만 역시나 터무니없는 고액으로 느껴졌다.

차가 출발하자 대학생으로 보이는 옆자리 여자가 내게 말을 걸었다.

"저, 천동설 테라피는 처음이세요?"

"아, 네."

"그렇구나, 저도 그래요. 처음이라 좀 긴장이 돼서."

천동설 테라피 자체가 오늘이 1회째이니 모두가 처음인 셈인데, 나이 든 여성도 한 사람 있고 하니 젊은 여자애 눈에는 베테랑이 여럿 있는 것처럼 느껴지는지도 몰랐다.

"선생님의 미니 테라피 받은 적 있으세요?"

"네? 아, 아뇨."

"사이 선생님의 미니 테라피, 정말 굉장해요. 그걸 받고 감동해서 여기 왔거든요."

"전 인스타그램에서 보고 왔어요."

앞자리에 앉은 30대 여자가 돌아보았다.

"사이 선생님이 찍은 사진을 보고 마음을 구원받아서요.

배경 화면으로 해두었더니 좋은 일만 생기더라고요. 셀프 테라피 방법도 자세히 적혀 있어 따라해보다, 만나 뵙고 싶어졌어요."

"저도 인스타그램이요! 테라피 팸플릿에 있는 사진을 보고 깜짝 놀랐어요. 그렇게 젊고 예쁜 분이리라곤 상상도 못 했거든요."

30대 여자 옆에 앉은 또 다른 젊은 여자가 흥분한 듯 고개를 끄덕였다.

"저는 치과 대기실에서 배가 심하게 아팠는데, 때마침 거기 계시던 사이 선생님의 파워로 치료를 받았어요. 그랬더니 통증이 바로 가라앉아서 멀쩡해지더라고요."

나이든 여성의 말에 모두 탄성을 질렀다.

벌써 사이카와는 몇몇 사람을 구원하기 시작한 것이다. 그게 대단한 일인지 무서운 일인지는 아직 알 수 없었다.

자동차는 나가노의 깊은 산중으로 들어가더니, 인적 없이 폐허가 된 별장지를 지나쳐 산길 깊숙이 있는 숲속의 작은 공터에 도착했다. 사이카와에게 입금 문제로 전화했을 때 슬쩍 들었는데, 이곳은 이시게의 친척이 소유한 땅으로 젊었을 때

별장을 지으려고 샀지만 이젠 살 사람도 없고 처치 곤란이라 그대로 방치해둔 것을 이시게가 잘 말해서 빌렸다고 한다. 과연 이런 연줄이 있는 걸 생각하면 '신자'가 아닌 이시게를 사이카와가 쉽게 잘라내지 못하는 것도 이해할 수 있을 듯했다.

사이카와는 먼저 현장에 와서 기다리고 있었다. 그녀는 새하얀 천을 몸에 두르고 머리에도 뒤집어쓴 채 정말로 교주가 되어 있었다. 그녀가 엄숙하게 모습을 드러내자 다들 숨을 죽였다.

"자, 그럼 이시게 씨."

"응, 내일 아침에 데리러 올게."

이시게의 차가 떠났다.

여자 여섯만이 산속에 남겨졌다.

"그럼 여러분, 이쪽으로."

사이카와는 우리를 숲 안쪽의 살짝 솟아 있는 공간으로 안내했다.

"그럼 시작하죠. 이 테라피를 통해 우리의 정신은 지동설의 세계를 떠나 천동설의 세계인 고대로 날아갑니다. 고대는 지금보다 훨씬 더 신들과 가까웠던 시대입니다. 거기에 가면 여러분은 반드시 '무언가'를 받게 됩니다. 확실히 눈으로 볼 수 있을 겁니다. 그건 사람에 따라 다르며, 연기 속에서 나타납니다. 만약 보인다면 큰 소리로 그것을 외쳐주세요. 그걸 받은 여러분에게 저는 '말'을 하나씩 선물하겠습니다. 그 말은 평생 지워지지 않는 마음의 타투입니다. 여러분은 그 말과 함께 살아가게 됩니다."

사이카와의 목소리는 평소보다 크게, 마치 이국 악기의 연주 소리처럼 편안하고 신비한 음색으로 울려 퍼졌다.

"와, 눈에 보이는 거구나."

"굉장해. 미니 테라피랑 전혀 달라."

다들 탄성을 내질렀고, 기대감이 고조되는 것이 느껴졌다.

사이카와는 그런 우리의 얼굴을 쭉 둘러본 후 말했다.

"그럼 여러분, 옷을 벗읍시다."

사이카와 말에 다들 당황해 서로를 쳐다보았다.

"네? 옷을요……?"

"괜찮습니다. 이곳을 통째로 다 빌린 거라 내일 아침까지 아무도 오지 않아요."

"아무리 그래도……."

사이카와는 하얀 천을 우리에게 나누어주었다.

"괜찮아요, 천과 삼베 끈을 드리겠습니다. '현대'를 최대한 벗어던지고 고대에 가까운 모습이 되는 겁니다."

다들 눈치를 보다가 천천히 옷을 벗기 시작했다. 나도 따라서 속옷까지 다 벗고 하얀 천을 몸에 두른 후 삼베 끈으로 묶어 간신히 몸에 걸쳤다.

참가자들은 속세의 물건을 보관하기 위해 준비된 나무 상자에 옷과 손목시계, 액세서리 따위를 넣었다. 그러는 사이, 사이카와는 공터 여기저기에 설치된 회색 기구의 전원을 켰다. 사이카와가 전원을 켜자 부우우, 하고 희미한 소리가 나더니 수증기와 함께 아로마 오일의 향이 감돌기 시작했다. 가습 기능이 있는 아로마 오일 버너인 듯했는데, 건전지 방식인지 콘센트 없이도 힘차게 수증기가 나왔다. 그 증기에서 기분 좋은 향이 나는 것이었다.

대학생 여자가 신기하다는 듯 기구를 바라보며 물었다.

"사이 선생님, 그건 뭔가요?"

"이건 코스모스톤 아로마 버너예요. 우주에서 떨어진 운석으로 만든 특별한 아로마 버너입니다."

"와, 이거 운석이에요?"

30대 여성이 놀란 목소리로 외친다. 사이카와는 고개를 끄덕였다.

"물론 기계라서 플라스틱인 부분도 있지만 바깥쪽은 운석을 잘라 코팅한 겁니다. 이 우주적인 아로마를 들이마시면 더욱 특별한 정신적 스테이지로 나아갈 수 있어요."

"굉장하네요……!"

"이건 판매하니까 혹시 관심 있으시면 나중에 말씀해주세요."

내 눈에 그 코스모스톤 아로마 버너는 그저 표면에 길바닥 돌멩이를 접착제로 붙인 평범한 가습기로밖에 보이지 않았다. 그러나 다들 신기하다는 듯 코스모스톤 아로마 버너를 바라보았다.

코스모스톤 아로마 버너에서는 다양한 향과 연기가 나오는지, 내 옆에 있는 버너에선 일랑일랑의 향이 나고 저쪽에선 라벤더 향이 감돌았다.

"그럼 지금부터 우리의 정신, 스피릿은 고대로 돌아갑니다."

모든 버너를 다 켰을 땐 완연한 밤이 되어 있었다. 불빛 없는 암흑 속에서 의지할 건 코스모스톤 아로마 버너가 뿜어내는 희미한 빛뿐이었다.

"자, 손을 잡고 누워 하늘을 올려다봐주세요. 함께 고대의 별을 바라봅시다."

우리는 줄을 지어 손을 잡았다. 내 오른편엔 30대 여자가,

왼편엔 처음에 말을 걸어준 젊은 여자가 있었다.

사이카와의 지시대로 손을 맞잡은 채 자리에 누웠다. 9월이라 그렇게 춥지는 않았지만, 어제 내린 비 때문인지 풀이 촉촉하게 젖어 있었다.

사이카와는 누워 있는 우리 사이를 돌아다니며 말했다.

"자, 밤하늘을 바라보세요. 온 하늘에 가득한 별을 바라봐주세요."

하늘에는 소름 끼칠 만큼 빽빽한 별이 빛나고 있었다. 시골에서 별을 본 적이 별로 없는 내 눈엔 밤하늘에 돋은 두드러기처럼 보여 기분이 나빴다.

"자, 심호흡하세요. 하늘이 움직이나요? 우리가 움직이나요?"

"눈으로 보기엔 하늘이 움직이는 것 같아요. 근데, 저기."

옆자리 30대 여자가 불안한 듯 사이카와를 올려다보았다.

"아직은 지식이 방해를 해서 지구가 움직인다는 느낌이 들어요."

반대쪽 젊은 여자도 말했다.

"저도 아직 우리가 움직이는 느낌이 들어서……."

"괜찮습니다. 솔직한 느낌을 말해주세요. 뇌에서 해방되는 건 힘든 일입니다. 외면하지 마세요. 자기가 움직이고 있다고 느끼는 사람은 그걸 숨기지 마세요. 하늘이 움직인다고 믿었던 시대로 조금씩 타임슬립해서 갈 수 있습니다."

"네!"

"네, 사이 선생님!"

"네!"

심호흡을 하며 하늘을 계속해서 올려다본다.

"하늘이 움직이고 있습니다. 하늘이 움직이고 있습니다. 하늘이 움직이고 있습니다."

사이카와는 오일 비슷한 것을 우리 몸에 떨어트리며 계속해서 그렇게 외쳤다.

"자, 심호흡을 하고, 천천히 움직이는 별을 보면서 고대의 소리를 들어주세요. 사냥감이 움직이는 소리, 누군가의 기척, 숲의 술렁임……."

"누가 있어요!"

그때 내 왼편 젊은 여자가 소리쳤다.

테라피 때문에 흥분을 했나 싶었는데, 삼베 끈이 느슨해져 흘러내리려는 천을 몸에 다시 꽁꽁 두르고 상반신을 일으켜 비명을 지르는 모습을 보니 그건 아닌 것 같아서 나도 일어섰다.

"남자가 있어요!"

오른편 30대 여자도 비명을 질렀다.

다들 어수선하게 일어나 젊은 여자가 손가락으로 가리키는 방향에서 가장 멀리 떨어진 코스모스톤 아로마 버너 옆에 뭉쳐 섰다.

사이카와는 동요하지 않고 젊은 여자가 가리킨 덤불 속으로 들어갔다.

사이카와는 발치에 있는 코스모스톤 아로마 버너를 집어 들더니 덤불을 내리쳤다.

"악!"

남자의 신음 소리가 나더니 머리를 감싸 쥔 이시게가 나왔다.

"아, 아까 운전했던 사람!"

"뭐? 말도 안 돼!"

나는 조용히 이시게 옆으로 다가가 이시게의 손에서 떨어져 굴러온 아이폰을 주워 들었다. 화면은 동영상 녹화 상태로, 우리의 테라피를 찍고 있었던 모양이다. 화면이 잠기기 전이라 재빨리 조작해 LINE을 열어보았다.

'T 기획'

이라는 이름의 채팅방이 눈에 들어왔다.

타이틀은 '도촬 AV · 충격! 영적 집단에 빠진 전라 여자들의 본격 스트립! (완전 도촬 · 아마추어 작품 · 성행위 없음)' 어때?

이시게의 발언에 OK와 좋아요 이모티콘이 줄줄이 달렸다.

젊은 애가 두 명 있는 건 Good job!

얼마에 팔 수 있을 거 같아? 역시 업자가 좋겠지?

진짜 도촬 아마추어 작품인 건 대단하긴 한데, 아무래도 행위 없인 좀 힘들어.

메루카리*나 야후 옥션 쪽이 더 비싸게 팔리는 거 아냐?

이 사이트는 어때? 조회수에 따라 돈을 벌 수 있어.

화면을 스크롤하며 나는 무심코 이시게에게 말했다.

"대단하네, 이시게, 제법이야. 이중으로 벌어먹으려고 한 거네."

내 옆에서 화면을 보던 사이카와가 다시 코스모스톤 아로마 버너를 치켜들었다.

"심판을!"

그 목소리의 박력에 나도 모르게 아이폰을 떨어트렸다.

* 일본 최대의 온라인 플리마켓 플랫폼.

"이자에게 심판을!"

사이카와의 말에 멀리서 뭉쳐 있던 사람들이 쭈뼛쭈뼛 코스모스톤 아로마 버너를 집어 들며 이시게에게 다가갔다.

30대 여자가 이시게를 향해 코스모스톤 아로마 버너를 휘둘렀다.

"심판을!"

그에 뒤이어 모두가 이시게를 버너로 때리기 시작했다.

"심판을!"

"심판을!"

이시게는 처음엔 "사이카와, 자, 잠깐" 하면서 허둥지둥 도망치면서 "너네 다 죽여버린다!" 하고 호통을 쳤지만 이내 발이 엉켜 다시 넘어졌다. 거기에 다들 모여들어 코스모스톤 아로마 버너를 다시 휘둘렀다.

"심판을!"

나도 죽지는 않을 거라고 판단하고 코스모스톤 아로마 버너를 하나 가져와 이시게를 때려보았다.

"심판을!"

나는 얼굴을 중점적으로 때렸다. 일단 천은 두르긴 했지만 이시게에게 더 이상 나체를 보이긴 싫었기 때문이다.

멀쩡히 움직이던 이시게가 내 일격을 맞은 후 갑자기 꼼짝하지 않았다. 얼굴과 머리가 피범벅에 옷도 피투성이였다. 아무래도 의식을 잃었는지 다른 사람이 때려도 더 이상 소리를 내지 않았다.

웅크리고 앉아 확인해보니 심장이 뛰고 숨도 쉬었다.

"이만하죠. 나머지는 제가 처리하겠습니다."

움직이지 않는 이시게를 보며 사이카와가 말했다.

"제가 고용한 운전사가 이런 짓을 저질러 죄송합니다. 책임은 저한테 있습니다. 테라피를 계속하고 싶은 분은 남고, 중단하고 싶은 분은 제가 책임지고 모셔다드리겠습니다. 운전사가 차를 어딘가에 숨겨뒀을 테니 근처 역이나 비즈니스호텔까지 모셔다드리고, 그 경우엔 물론 돈도 환불해드리겠습니다. 여러분이 원하시는 대로 해드리겠습니다."

"계속할게요!"

나는 소리쳤다.

내 목소리에 놀랐는지 다른 참가자가 내 쪽을 돌아보았다.

"저는 사이 선생님께 꼭 세뇌당하겠습니다. 혼자서라도 계속하겠습니다!"

"계속할게요!"

이어서 70대 여자가 소리쳤다.

"계속할게요!"

"계속할게요!"

다른 참가자들도 모두 내게 영향을 받은 듯 그렇게 외쳤다.

"저, 이 코스모스톤 아로마 버너 살게요!"

무슨 맥락인지 모르겠으나 30대 여자가 그렇게 소리쳤다.

"저도 살게요!"

"저도요!"

사이카와는 모두의 얼굴을 둘러보곤 떨리는 목소리로 말했다.

"여러분, 고맙습니다. 코스모스톤 아로마 버너는 진짜 우주 운석으로 만든 거라 조금 비쌉니다. 450만 엔이에요. 무리는 하지 마세요."

"싸다!"

나는 거의 짐승 울음소리처럼 새된 목소리로 외쳤다.

"싸다!"

"싸다!"

우리는 코스모스톤 아로마 버너를 치켜들고 피투성이가 된 이시게 주위를 걷기 시작했다.

마치 산 제물 같은 이시게 주위를 춤추는 듯한 걸음으로 빙글빙글 돌다 보니 조금씩 이곳에 존재할 리 없는 북소리와 매머드 울음소리가 들리는 것 같았다.

"내려왔다!"

여대생이 소리쳤다.

"사이 선생님! 내려왔어요! 연기 속에 페가수스가 보입니다!"

"그건 당신의 전생입니다!"

사이카와가 소리쳤다.

어느새 다들 땀투성이가 되었고, 격렬하게 움직인 탓에 천도 바닥에 떨어져 알몸이 되었다.

"내 눈앞에도 내려왔어! 보인다! 보여!"

이번에는 30대 여자가 외쳤다.

"스핑크스예요! 스핑크스가 보입니다!"

"그건 당신의 내면의 아이입니다!"

사이카와가 소리쳤다.

저마다 치켜든 코스모스톤 아로마 버너에 다양한 것들이 잇따라 내려왔고, 사이카와는 '마음의 타투'를 계속해서 하사했다.

"악마가 보입니다!"

"그건 당신의 사랑의 파트너입니다!"

"용이 보입니다!"

"그건 당신의 내세입니다!"

남은 건 나뿐이었다. 나는 비명처럼 외쳤다.

"현실이 보입니다!"

다들 여전히 발을 멈추지 않고 계속해서 이시게 주위를 돌았다.

"제게는 현실이 보입니다! 이상 사태에서 비롯된 집단 환각. 뇌 안에 흐르는 도파민에 의한 비정상적인 쾌락. 이상 사태를 회피하기 위해 뇌가 보여주는 착각. 제게는 현실이 보입니다! 현실이 보입니다!"

"그건 당신의 카르마입니다!"

사이카와가 원숭이 울음소리 같은 목소리로 외쳤다.

"카르마……?"

"그렇습니다. 그건 당신의 카르마, 즉 업보입니다! 당신은 그걸 평생 안고 살아갈 겁니다!"

"사이카와 씨, 저를 세뇌해주겠다고 했잖아요!"

나는 원에서 뛰쳐나와 알몸인 사이카와의 다리에 매달렸다.

"저를 세뇌해주세요! 제게도 환각을 보여주세요!"

"당신은 현실에 세뇌된 것입니다. 그것이야말로 당신이 평생 함께할 아름답고 완전한 환각입니다. 그게 당신의 숙명이자, 영원히 지워지지 않을 마음의 타투입니다."

"10만 엔 돌려줘!"

나는 소리쳤다.

모두가 넋을 잃고 노래하기 시작한다.

"멋진 말이네요. 10만 엔 돌려줘!"

"10만 엔 돌려줘!"

다들 그 말의 의미마저 잊은 것처럼 웃으며 그 말을 끝없이 노래했다.

"10만엔돌려줘, 10만엔돌려줘, 10만엔돌려줘."

모두의 노랫소리가 밤하늘로 빨려 들어간다. 나의 지동설의 하늘에 노랫소리가 울려 퍼진다.

"10만엔돌려줘!"

나는 지동설의 땅 위에서 필사적으로 외친다. 모두의 노래와 춤은 나의 땅을 뒤흔들고 공기를 계속해서 진동시켰다. 나는 모두의 노랫소리 속에서 "10만엔돌려줘!" 하고 끝없이 울부짖었다.

생존

Survival

"음, 스즈키 구미 씨와 스미쿠라 하야토 씨. 이 상태로 결혼해서 자녀를 가지면 두 분 다 65세가 되었을 때의 생존율이 30퍼센트 밑으로 떨어집니다."

생존율 상담사는 심각한 얼굴로 프린트한 자료를 들춰보며 한숨을 쉬었다. 우리는 도쿄에서 운영하는 상담 센터 소파에 손을 잡고 앉아 있었다. 옆에 앉은 하야토를 슬쩍 보니, 그는 한껏 창백해져서는 비어 있는 나머지 한쪽 손으로 얼굴을 감싸고 있었다.

"그런……."

"안타깝지만 사실입니다. 스미쿠라 하야토 씨는 괜찮아요. 'A'니까요. 독신으로 사신다면 생존율이 87퍼센트나 됩니다. 대형 은행에서 근무하는 엘리트에 자격증도 많이 가지고 계시죠. 실례지만 구미 씨가 'C 마이너스'인 게 아무래도 좀……. 지금처럼 독신으로 지내실 경우 구미 씨의 생존율은 20퍼센트를 밑돌게 됩니다."

"아……."

내가 얼빠진 목소리로 반응하자 생존율 상담사는 의욕이 없다고 느꼈는지 비난하듯 나를 힐끗 보았다.

"당장은 괜찮아요. 아이가 태어나면 문제가 되죠. 자녀의 생존율은 부부의 수입에 따라 완전히 달라지니까요. 알고 계시겠지만 요즘 시대엔 65세까지 살아남으려면 돈이 필요합니다. 최첨단 의료를 누리고 안전한 집에 살면서 고소득을 얻기 위한 엘리트 코스를 걷는 것. 그것이 생존하기 위한 수단이고, 우리가 치러야 하는 생존 전쟁입니다."

"세상이 어쩜 이렇게 잔혹한지!"

생존율 상담사는 하야토의 외침에 크게 고개를 끄덕이고는 말을 이어나갔다.

"생존 경쟁에서 살아남기 위해선 어릴 적부터 거액의 돈을 들여 교육받게 할 필요가 있어요. 아주 어릴 때부터 학원에 보내고 이것저것 배우게 해서 성적이 우수한 아이로 키우고, 또 명문대의 비싼 학비도 내야 합니다. 그런 아이는 자연스럽게 엘리트 코스를 밟아 생존율도 높아지지요. 죄송한 말씀이지만, 이대로 가면 자녀분이 65세가 되었을 때 생존율은 15퍼센트 이하입니다."

"15퍼센트라니! 그럼 85퍼센트 확률로 죽는다는 말입니까? 세상에나!"

하야토는 더욱 크게 소리치고는 머리를 감싸 쥐었다.

"그렇구나. 그건 아무래도 좀, 거의 죽는다고 봐야겠네."

쓴웃음을 지으며 하야토에게 말하자, 그는 시한부 선고를 받은 사람 같은 얼굴을 양손으로 덮고 신음했다.

"뭔가 방법은 없나요? 그, 우리 두 사람과 미래 아이의 생존율을 적어도 50퍼센트 이상으로 올릴 수 있는……."

"그게…… 죄송하지만, 방금 말씀드렸듯이 하야토 씨에겐 문제가 없어요. 그러니 구미 씨가 좀 더, 뭐랄까, 자격증을 따든지 기술을 배워 더 좋은 직업을 얻어서 어떻게든 생존율을 높이지 않으면……. 하지만 요즘 같은 시대에 어려운 일이기는 하죠……."

불치병을 선고받기라도 한 양 고개를 푹 숙인 하야토의 옆에 앉아, 나는 가방에서 물통을 꺼냈다. 안에는 소금물이 들었다. 도쿄도에서 운영하는 센터라 자금이 빠듯한 모양인지 에어컨 바람이 약하다. 좋아하는 감색 원피스는 이미 땀으로 축축이 젖어 살에 들러붙은 채였다.

우리는 도쿄 생존율 상담 센터를 나와 근처 호텔 라운지에서 차를 마셨다. 저렴한 카페에 가려 했지만 찾지 못했다. 그곳은 'A'들이 모일 법한 고급스러운 장소였다.

나는 가방에서 둘이 같이 쓰는 데이트용 지갑을 꺼냈다. 우리는 소득 수준의 격차가 있는 커플이라 처음엔 밥을 먹을 가게를 고를 때도, 계산을 할 때도 늘 싸웠다. 지금은 둘이서 똑같은 금액을 넣은 지갑을 준비해 거기서 데이트 비용을 지불하기로 합의했다. 지갑 속을 보니 이번 달 남은 돈이 5천 엔은 있었다. 커피 한 잔씩은 마실 수 있을 터다.

"헤어질까?"

커피와 서비스 쿠키 두 개가 나온 타이밍에 내가 말을 꺼내자 고개를 숙이고 있던 하야토는 깜짝 놀라 얼굴을 들었다.

나는 앤티크 컵에 입을 가져다 대며 담담하게 말했다.

"그게 합리적이지 않아? 나 때문에 하야토와 아이의 생존율이 낮아지면 미안하니까."

"결론을 내리기엔 아직 너무 일러. 분명 무슨 방법이 있을 거야."

라운지 유리창 너머엔 땀에 흠뻑 젖은 사람들이 걸어가고 있다. 저 사람들은 'C'일 것이다. 'A'라면 이동은 대부분 택시로 할 테니.

"증조할머니가 그러셨는데, 옛날에는 겨울이랑 가을이 있었대. 겨울은 알겠는데 가을은 뭘까?"

"나는 너랑 헤어질 생각 없어."

"그럼 생식은 안 하는 걸로 할래? 생존율 'C'로 태어나는 건 애가 불쌍해."

"그건…… 아이는 갖고 싶어."

"나도 미래에 하야토의 유전자가 남을 수 있다면 기쁠 거야. 그거면 된 것 같아. 하야토는 'A'인 사람과 결혼해서 오래 살았으면 좋겠어."

"구미, 그러면 너는? 다른 'A'를 찾을 거야?"

"아니, 나는 'D'가 되려고. 최근 들어 생각했어. 그것도 괜찮지 않을까 하고."

" 'D'라니!"

하야토가 소리쳤다.

"큰 소리 내지마. 마지막 데이트니까."

나는 웃으며 하야토가 건드리지 않은 쿠키에 손을 뻗었다. 창밖으로 열사병에 걸린 'C'가 쓰러져 구조대가 달려오는 모습이 보였다.

어릴 적부터 나는 생존율이 낮았다.

생존율이란 65세에 살아 있을 가능성이 어느 정도인지를 수치로 나타낸 것이다. 요즘 시대엔 돈만 있으면 웬만한 병은 어릴 때 다 고칠 수 있기 때문에, 생존율은 본인이 얻게 될 소득 수준의 예측과 거의 비례한다. 생존율에는 온난화나 지진에 의한 재해 가능성도 포함되어 있다. 하지만 그 역시 수입이 많은 쪽이 안전한 땅 위의 튼튼한 집에서 살 수 있으니 결국 소득 격차와 생존율 격차가 거의 동일한 것은 변함없었다.

생존율 랭크는 초등학교에서 받는 성적표 가장 상단에 크게 적혀 있다. 생존율 80퍼센트 이상은 'A', 50퍼센트 이상은 'B', 10퍼센트에서 49퍼센트까지가 'C', 9퍼센트 이하는

'D'가 된다. 내 죽음의 확률이 수치화되어 랭크가 매겨지는 건 충격적인 일이었다. 성적표가 나올 때마다 교실은 묘한 열기에 휩싸였다. 다들 국어나 과학 성적보다 이 '생존율' 올리기에 필사적이었다. 'C'나 'D'인 아이는 성적표를 받아 들고 울음을 터뜨리는 일도 많았다.

나는 늘 'C'였는데, 이상하게도 죽는 건 별로 무섭지 않았다. 아, 나는 그렇게 오래는 살 수 없는 거구나, 하고 차분하게 생각할 뿐이었다.

비명을 지르거나 울음을 터뜨리는 학생들을 필사적으로 달래며 선생님은 늘 말하곤 했다.

"여러분, 침착하게 들어주세요. 여러분 중에는 생존율이 낮아서 충격을 받은 사람도 있을 거예요. 그러나 이건 살아남기 위한 겁니다. 이 가혹한 시대에 살아남기 위해선 현실을 아는 게 무척 중요합니다. 열심히 공부해서 조금이라도 생존율이 높아지도록 다 같이 힘냅시다!"

아이들은 죽을힘을 다해 공부와 운동에 매진했다. 모두가 생존율 높이기에 필사적이었기 때문에 원래부터 생존율이 낮은 아이가 아무리 노력을 해봐야 생존율 랭크를 올리는 건 쉬운 일이 아니었다. 나는 어릴 때부터 대체로 늘 30퍼센트 이하로, 'C 마이너스'라고 불리는 부류였다.

나의 아버지는 'D'였고, 내가 어렸을 때 행방불명되었다. 남겨진 어머니는 직장 건강검진에서 'C'라고 선고받았다. 어머니의 생존율은 나라는 아이를 떠안고 있다는 이유로 꽤 많이 떨어졌기 때문에 어린 마음에 늘 죄송스러웠다.

옆집에 살던 소꿉친구 메구미는 나보다 낮은 'D'였지만 있는 힘껏 노력해서 지금은 'B'가 되었다. 메구미의 영향으로 나도 고등학생 때까지는 열심히 공부했다. 함께 오래 살아남아 건강한 할머니가 되자고 서로 격려하면서 엘리트를 목표로 달렸다.

수험 전쟁이 곧 생존 전쟁이 되는 시대에서, 나도 메구미도 필사적이었다. 그러던 어느 날 문득 언제까지 이걸 계속해야 하는 걸까, 하는 생각이 들었다. 수험 전쟁에서 이기고 좋은 직장을 찾아 내내 돈을 버는 삶. 오직 생존율만을 위해 아침 일찍 일어나 밤늦게까지 공부하는 나날. 이래서야 그야말로 생존율을 위한 인생이 아닌가 싶어 갑자기 싫증이 나버린 것이다.

공부에 소홀해지자 'B'까지 올라갔던 생존율이 뚝 떨어졌다. 딱히 상관은 없었다. 생존율에 지배당하며 사느니 타고난 생존율대로 살다가 적당한 타이밍에 죽는 게 훨씬 건전할 것 같았다.

메구미는 나를 꽉 붙들며 격려했지만 나는 엘리트 코스에서 간단히 누락된 채로 좋은 대학에도 붙지 못했다. 학비가 아까워서 진학을 포기하고 아르바이트를 시작했다. 아르바이트를 하던 패밀리 레스토랑에서 'A'인 하야토를 만났다.

매일 패밀리 레스토랑에 와서 공부를 하는, 근처 명문대학생인 듯한 하야토를 늘 유유히 지켜보면서 역시 'A'는 힘든 거구나, 하고 생각하곤 했다. 그런 그에게 커피 리필 주문과 함께 구애의 편지를 받았을 땐 깜짝 놀랐다.

"근데 저, 생존율이 낮아요."

내가 그렇게 말하자 하야토는 필사적으로 대답했다.

"사랑에 생존율 따위는 상관없어요. 지금 당신이 좋아요. 제 사랑은 그게 전부예요."

그 말에 왠지 모르게 마음이 움직여 나와 하야토는 연인 사이가 되었다. 하야토는 그대로 명문대를 졸업해 대형 은행에 취직했고, 나는 패밀리 레스토랑에서 계속 아르바이트 중이다.

내가 하야토의 생존율을 낮추는 존재라는 건 처음부터 알고 있었다. 그래서 이것이 일시적인 사랑이 될 것을, 나는 그 편지를 받아 든 순간부터 각오했다.

이튿날도 바깥은 여전히 햇빛에 찔려 죽을 듯한 날씨였다. 나는 양산을 쓰고 소금물을 넣은 물통을 목에 걸고서 급히 세미나로 향했다.

도쿄에서 주최한 야인 세미나에는 많은 사람이 모여 있었다.

'D'는 대부분 일을 계속하지 못하기 때문에 알몸으로 산에서 생활하는 야인이 된다. 옛날에는 길거리 노숙자라는 개념도 있었다는데, 약한 사람들은 더위 속에서 살아가지 못해 야인이 된 인간만이 살아남았다.

야인은 더위에 적응하기 위해서인지 외형도 자연스럽게 변화한다. 수분 확보를 위해 입이 커지고, 양손은 앞발이 되어서 네발로 기어 재빨리 이동할 수 있게 된다. 그리고 왜인지 새하얗고 짧은 털이 빽빽하게 자라나 온몸의 피부를 뒤덮는다. 덕분에 옷을 입을 필요도 없어져서 야인이 많이 모이면 하얀 그림자가 잔뜩 꿈틀대는 것처럼 보인다. 다른 야인에게 습격당해 피를 빨리는 일도 있으므로 방심은 할 수 없다. 야인 세미나에는 자신이 제대로 야인이 될 수 있을지

불안한 'C'와 젊은 'D'들이 많이 모여들었다.

"야인으로 살아남기 위해선 무엇보다 망각이 중요합니다. 현대사회에서 생존 경쟁을 위해 익힌 지식과 언어를 전부 잊어야 합니다. 오로지 살기 위해서만 사는 거지요. 그렇게 하면 생존율을 1퍼센트로 만들 수 있습니다. '망각'하지 못하면 생존율은 0.0001퍼센트 이하가 됩니다. 잘 들으세요. 이 숫자도 바로 잊어야 합니다. 살기 위해 사는 일, 오직 그것만을 믿는 겁니다."

야인 세미나의 강사가 하는 말은 추상적인 데다, 이해하기 힘든 이야기만 길게 이어져 지루했다. 세미나 참석자 중에는 하얀 털이 빽빽하게 자라난 'D'도 있었는데, 이미 야인화가 진행되기 시작한 사람이 이런 세미나에 오는 건 오히려 역효과가 아닐까 생각했다.

지루해서 몰래 휴대폰을 봤더니 메구미에게 연락이 와 있었다. 세미나가 끝날 때쯤 택시로 데리러 갈 테니 집에 놀러 오지 않겠냐는 내용이었다. OK라는 답신을 보내고 나머지 시간은 책상에 엎드려 잤다. 강사는 딱히 화도 내지 않았다.

세미나 교실 여기저기서 크게 코 고는 소리가 들리기 시작했다. 단순히 이 세미나가 지루해서인지 아니면 그것이

야인화의 첫걸음인지 나는 알 수 없었다.

"이번엔 시코쿠*가 가라앉는 모양이야. 스콜이 점점 심해지잖아. 이번에 큰 지각변동이 있을 거라네."

"그렇구나. 그럼 또 이 주변 집값이 오르겠다."

메구미가 사는 집에 들어가니 안이 푹푹 쪘다. 땀을 닦으며 에어컨을 켠 메구미가 한숨을 쉬었다.

"여긴 안전한 지역이지만 'B'의 월급으로는 이제 한계야. 좀 더 싼 곳으로 옮겨야 할지도 몰라."

메구미의 집은 'A'가 많이 사는 일등지에 있다. 안전하고 지반이 튼튼하며 치안이 좋다. 'B'인 메구미는 원룸인데도 집세가 비싸다고 예전부터 불평해왔다.

"와, 웬일이야. 닭고기네."

메구미가 내어준 닭고기를 보고 나는 탄성을 질렀다.

"대체육이긴 해. 근데 고양이는 죽어도 못 먹겠어서."

더위로 인해 대부분의 생물이 멸종해서, 이제는 인간을 제외하면 고양이와 바퀴벌레밖에 없다. 그림책에 나오는 코

* 일본 열도를 구성하는 네 개의 섬 중 하나로 남서쪽에 위치한다.

끼리나 소가 보고 싶었는데.

고양이와 바퀴벌레와 인간, 어느 것이 살아남을지도 '생존 경쟁'이다. 나는 생물이 이 별에 살아남기만 해준다면 그게 뭐든 상관없다고 생각한다. 이상하게 바퀴벌레를 라이벌로 여겨 마구 죽이는 인간도 있지만, 전부 멸종해버리고 나면 식물밖에 남지 않게 되니 사이좋게 지내면 좋을 텐데 싶다.

"나, 하야토랑 구미 응원했었는데. 'C'나 아직 완전히 야생화되지 않은 'D' 중에는 'A'랑 결혼해서 어떻게든 살아남으려는 사람도 많잖아. 살아남으려면 어쩔 수 없는 일일지도 모르지만 왠지 그것도 괴로울 것 같아서 별로 찬성하진 않았거든. 근데 하야토랑 구미는 달랐잖아? 이제 생존율을 높이려는 목적 없이 파트너를 찾는 사람은 드무니까. 그래서 두 사람이 잘됐으면 좋겠다고 생각했어."

"음, 하야토는 어떨지 모르지만, 나는 연애가 취미 같은 거라고 생각했거든. 최종적으론 하야토는 생존율을 높일 수 있는 사람과 결혼하는 게 좋겠다고 늘 생각했었어."

"구미는 왠지 생존율에 별로 관심이 없는 것 같아."

나는 닭꼬치를 입 한가득 밀어 넣으며 메구미의 말에 쓴웃음을 지었다.

"그래 보여?"

"응. 왜 그런 거야? 고등학교 졸업 후에도 안정적인 직장에 취직하려고 하지 않고 장차 'D'가 되겠다고 우기질 않나. 구미는 노력하면 생존율 40퍼센트 정도는 될 수 있을 텐데. 'D'는 9퍼센트 이하잖아."

"'생존율'이란 거, 바이러스가 아닐까 생각해본 적 없어?"

내 말에 메구미는 기겁한 듯했다.

"응? 뭐라고? 바이러스?"

"왠지 언젠가부터 우리의 행동과 번식과 사고 회로가 전부 '생존율'에 지배되는 거 같지 않아? 눈에 보이지 않는 무수한 바이러스에 침식당하는 느낌이야."

나는 어이없어하는 메구미 앞에 놓인 에어컨 리모컨을 집어 들어 전원을 껐다.

"지금 이렇게 비싼 방을 빌려 살면서 실내를 시원하게 만드는 것도 다들 생존율에 통제당하기 때문이야. 그렇게 생각하면 좀 섬뜩해."

"아니…… 구미, 잠깐만. 생물이란 게 원래 그런 거잖아. 물론 수치로 환산하면서 여러모로 놓치는 부분도 있겠지만, 그래도 '생존'이 동물의 가장 기본적인 본능 아니야? 모든 생물은 유전자의 통제하에 자기 종족을 남기려고 해. 그걸 수치화한 게 '생존율'일 뿐이잖아."

"그럴지도 몰라. 근데 왠지 그런 생각이 들어. 고양이도 바퀴벌레도 인간도 다 멸종한 세계의 허공에 '생존율'만이 살아남아 존재하는 거야. 눈에는 보이지 않는 대량의 '생존율' 바이러스가 이 별의 진짜 지배자인 거지. 지구의 생물이 멸종한 후 다른 어떤 생물이 와서 이 별에서 생활하든 모두 '생존율'에 지배되고 통제당하다가 결국 멸종하는 거야. 그 반복이 아닐까 싶어서."

"구미, 너 좀 피곤한 거 아냐? 무슨 그런……."

"미안, 그럴지도 모르겠다. 미안해, 오늘은 이만 돌아갈게."

내 말에 메구미는 좀 안심한 눈치였다. 휴대폰으로 시간을 확인하며 고개를 끄덕인다.

"그래, 낯선 세미나 때문에 스트레스가 좀 쌓인 거 아닐까? 오늘은 이만 돌아가서 쉬는 게 낫겠다. 갑자기 불러내서 미안해."

"괜찮아. 야인이 되기 전에 메구미랑 만날 수 있어서 좋았어."

"밖에 아직 더운데 괜찮아? 택시로 역까지 배웅해줄게."

"괜찮아, 걸어서 가면 돼."

메구미의 권유를 뿌리치고 아파트를 나섰다. 밖에 나오니 예상과 달리 어둑어둑했다. 아직 낮 3시밖에 안 됐는데, 하고 생각하는 중에 누군가 등을 두드렸다.

"하야토……."

거기엔 땀에 젖은 하야토가 있었다.

"여러모로 생각해봤는데 아무래도 다시 한번 이야기해보고 싶어서. 메구미한테 연락해서 널 불러내달라고 한 거야."

그랬구나. 나는 납득했다. 메구미가 용건도 없이 갑작스레 집으로 부르는 게 왠지 좀 이상하긴 했다.

하늘은 시커멓게 어두워졌다. 게릴라 호우가 쏟아지려는 참이었다.

옛날엔 게릴라 호우 같은 이상한 비는 내리지 않았다고, 엄마가 말해준 적이 있다. 소나기라는 격렬하지만 운치 있고 아름다운 비가 내렸다고 한다.

"그건 게릴라 호우랑 어떻게 다른데?"

"글쎄, 엄마도 영화에서만 봐서."

엄마는 모호하게 웃었다.

이제 소나기는 사라지고 하루에 몇 번씩 이렇게 스콜 같은 비가 내린다. 비가 쏟아지기 시작하면 젊은이들은 모두 비에 섞여 섹스를 한다. 호텔에 갈 돈은 없고 자취할 여유가 있는 사람도 드물다. 연인과 단둘이 되기엔 빗속이 최고인 것이다.

하야토를 빗속으로 이끌자 그는 놀란 눈치였다. 하야토는 돈이 있기 때문에 이렇게 빗속에서 섹스를 한 적은 없었다.

"호텔로 가지 않을래?"

쭈뼛쭈뼛 하야토가 말한다.

"하고 싶은 이야기도 많고, 게다가 소중한 연인이랑 이렇게 빗속에서 섹스를 하는 건……."

"이 빗속이 앞으로 내가 살아갈 세계야."

그 말로 하야토는 내가 더 이상 그와 함께 살아갈 마음이 없다는 사실을 깨달은 듯했다.

비가 내리자 타는 듯 뜨겁던 콘크리트 열기가 조금씩 식어간다. 태양에 구워지던 이 별이 사람의 피부와 비슷한 온도로 되돌아간다. 방금까지 불타는 듯하던 콘크리트에, 우리는 주저앉았다.

비가 내리는 동안 세계는 밀실이 된다. 소리는 들리지 않고, 호우로 앞도 잘 보이지 않는다. 우리는 미지근해진 콘크리트 위에 드러누워 서로를 껴안았다.

멀리서 여러 울음소리가 들려왔다. 우리처럼 섹스를 하는 커플의 목소리일지도 모르고, 야인의 목소리일지도 모른다.

하야토를 부둥켜안은 내 손등을 보니 빽빽하게 하얀 솜털이 자라나 있었다. 하야토는 눈치채지 못한 채 온몸의 수분을 짜내듯 내 입속에 타액을 쏟으며 키스했다.

빗발이 거세어진다. 나는 하얀 솜털이 자란 몸으로 스콜에 흠뻑 젖은 하야토에게 매달렸다. 이 순간 나의 생존율은 몇 퍼센트일까, 하는 생각이 머릿속을 스쳤지만 차츰 그것도 멀어져갔다.

토맥윤기*

土脈潤起

*	차가운 눈이 따뜻한 봄비로 바뀌어 추위로 얼었던 땅이 촉촉한 수분을 머금는 때. 계절을 나타내는 방식의 하나인 72후 중 2월 19일에서 2월 23일경에 해당한다.

손에 꽉 쥔 우산 손잡이에 전해지는 진동이 갑자기 변한 듯한 느낌이 들어 하늘을 올려다보았다. 하늘에서 하염없이 쏟아지던 눈이 비로 바뀌었다.

어제 늦은 밤부터 내려서 쌓인 눈이 땅을 온통 뒤덮었다. 비로 바뀐 것에 조금 안심하며 걸음을 서둘렀다. 방수 스프레이를 뿌린 운동화가 삐걱대는 눈의 감촉을 견뎌내고 있었다. 어릴 적, 꽁꽁 얼어붙은 눈에 미끄러져 넘어지는 일이 잦아 눈이 많이 오는 지역 출신인 부모님에게 비웃음을 사곤 했다. 그래서인지 눈은 별로 좋아하지 않는다. 이대로 얼어버리기 전에 이 비가 쌓인 눈을 녹여주면 좋겠다고 생각했다.

"난 야생으로 돌아갈 거야."

언니가 갑자기 그런 말을 남기고 집을 나간 지 어느덧 3년이 되었다.

그 후로 계절 변화에 민감해진 느낌이다.

현재 내가 미카, 유키코와 함께 사는 아파트는 신축이라 그런지 밀폐성이 높아 창문을 닫고 실내에 있으면 바깥 기온이 거의 전해지지 않는다. 날씨 예보를 보고서야 오늘이 더운지 추운지를 알게 되는 게 일상이었다. 겨울에도 아이스크림을 먹고 여름에도 전골 요리를 종종 먹는다. 우리 참 계절감 없지? 하고 미카는 웃곤 했다.

그러던 것이 확 변했다. 아침에 눈을 뜨면 곧장 베란다에 나가 오늘의 공기를 직접 피부로 확인한다. 그러고는 야인이 되어버린 언니 생각을 하는 게 일과가 되었다. 너무 더운 여름도 걱정이지만 겨울이면 특히 더 좌불안석이다. 눈이 올 때마다 언니가 얼어 죽지는 않았을까 불안해져서, 이렇게 주말이 되면 언니가 사는 산으로 향한다. 눈 내리는 주말, 전차와 버스를 타고 언니의 상태를 살피러 가는 것도 올 들어 벌써 세 번째다.

언니가 사는 곳은 내가 사는 아파트에서 전차와 버스로 두 시간가량 걸리는 곳에 있는 작은 산이다. 걸어서 30분이면 정상에 도착하니 산이라기보다 언덕에 가까울지도 모르겠다.

이 작은 산은 본가 근처에 있는데, 생전에 아버지가 자주 차로 데려와줘서 언니와 함께 뛰놀곤 했던 장소다. 그땐 산에서 논밖에 보이지 않았는데 이제는 개발이 진행되어 코앞까지 도로가 뻗어 있다.

이 산을 헐어 도로의 일부로 만드는 날도 그렇게 먼 미래가 아닐지도 모른다. 만약 이 산이 사라진다면 언니가 어디로 가버릴지, 그건 나도 알 수 없었다.

어릴 때 언니와 같이 가재를 잡던 개울을 넘어 산속에 들어가 정상으로 향한다. 산에서 제일 큰 나무 그늘에 웅크려 앉은 모양의 검은 그림자가 보였다.

"언니."

"포우."

무심코 불렀더니 그런 답이 돌아왔다.

인간이 언어를 가지기 전에 어떻게 울었는지 모르겠지만,

언니는 2년 전부터 '포우' 하는 울음소리를 내기 시작했다. 야인이 되고 얼마간은 인간의 언어로 말하다가 조금씩 언어를 잊어버린 것이다. 내가 하는 말의 의미도 잘 이해하지 못하는 듯했다. 언니와 의사소통이 가능한 것도 앞으로 몇 년 뿐일지 모른다.

일단 비바람을 피하고자 하는 본능은 작동하는지, 언니의 거처는 이 산에서 가장 큰 나무 아래에 있다. 거처라고 해봐야 관을 넣는 구멍 같은 것이 뚫려 있을 뿐이다. 그 안에는 마른 잎과 새의 깃털이 깔려 있다. 언니는 뭔가를 먹을 때를 빼면 늘 이 구멍 속에 몸을 누인 채 지낸다.

"언니, 따뜻한 거 먹고 싶지 않아? 솥밥이랑 수프 가져왔어."

말이 통한 건지 아니면 단순히 먹을 것에 반응한 건지, 언니는 느릿느릿 구멍에서 나오더니 "포우" 하고 기쁜 듯 울었다. 나는 보온 가방에서 솥밥과 클램차우더가 든 물통을 꺼냈다.

언니는 솥밥이 든 통에 얼굴을 대고 냄새를 맡더니 손으로 밥을 먹기 시작했다.

"언니, 나 내년부터 여기 자주 못 올 거야."

말이 통하는지는 모르겠으나, 나는 언니에게 말을 걸었다.

"엄마는 무릎이 아파서 여기까지 걸어올 수가 없어. 언니가 겨울을 무사히 나는지 지켜볼 사람이 없어지는 건 걱정이지만……."

언니는 집을 나갈 때 입었던 가장 아끼는 원피스 차림 그대로다. 하늘색이던 원피스가 이젠 갈색이 되었다. 원피스 위엔 내가 언니를 위해 가져왔던 담요를 걸쳤다. 침낭과 핫팩 등 여러 가지를 가져다줬지만 실제로 사용하는 건 담요뿐이다. 춥진 않은지 걱정했는데, 언니는 아무렇지 않아 보였다.

언니의 손발에는 검은 털이 잔뜩 나 있다. 작년보다 더 짙어진 느낌이다. 암컷 인간이라는 사실을 믿을 수 없을 만큼 코밑 수염도 시커멓게 자랐다.

아침에 만들어 온 클램차우더를 물통에서 꺼내 스푼으로 떠서 언니 입 앞에 가져간다. 언니는 다소 경계하며 잠시 냄새를 맡거나 얼굴을 돌리다가 이윽고 혀를 스푼 쪽으로 내밀었다.

"나 있잖아, 봄 되면 인공수정 시작할 거야."

언니는 이야기를 듣고 있는 건지 마는 건지, 클램차우더에 혀를 데고는 뜨거워한다.

나는 집에서 기다리고 있는 미카와 유키코의 얼굴을 떠올렸다.

나와 미카와 유키코가 셋이 함께 살기 시작한 건 10년 전 대학을 졸업하고 막 취직했을 즈음이었다.

우리 세 사람은 대학 때 같은 수업을 들은 친구로, 재학 시절 막차를 놓치면 종종 서로의 집에서 자곤 했다. 같이 살기 시작한 건 단순히 절약을 위해서였다. 어차피 다 도쿄에 사니까 같이 살면 집세를 아낄 수 있잖아? 먼저 그렇게 말을 꺼냈던 건 유키코였다.

처음에는 단순한 룸 셰어였다. 생각보다 생활은 쾌적했고, 셋이서 공동 계좌를 만들어 거기에 돈을 모아 식비와 집세를 해결하기로 했다.

처음엔 셋 다 직장에 다녔다. 그러다가 이직 자리가 여의치 않았던 유키코가 미안하다며 집안일을 도맡아주었던 게 예상외로 쾌적해서, 두 사람은 직장에 다니고 한 사람이 집안일을 맡는 게 적당하지 않겠냐고 합의하게 되었다. 누가 직장에 다니고 누가 집안일을 하는지는 10년간 그때그때 달랐다. 늘 그럴 수 있었던 것은 아니었고 셋 다 직장을 다닐 때도 많았지만, 가능할 땐 그렇게 노동을 분담했다.

나와 미카는 파견 사원이라 계약이 끝나면 시간이 빌 때가 많았고, 유키코는 이직을 반복했기 때문에 다음 직장을 찾을 때까지는 늘 집안일을 맡아주었다. 직장에 다니는 두 사람도 나머지 한 사람에게 집안일을 다 떠넘기지 않고 밤이나 주말엔 같이 거들었다. 그래서 집안일을 하는 사람도 직장에 다니는 두 사람에게 자연스럽게 감사할 수 있었다. 집안일을 맡는 기간이 길어지면 다음 직장을 찾을 때 면접에서 좀 곤란해지는 게 유일한 문제였지만, 그것만 아니면 밸런스가 아주 좋았다.

이대로 셋이서 살면 어떻겠냐고 장난삼아 하던 말이 진심이 된 게 언제였는지는 모르겠다.

"우린 가족이지?"

여름이었는지 겨울이었는지, 아무튼 셋이서 전골을 먹는데 유키코가 불쑥 그렇게 말했다. 그 말이 단번에 납득되었다.

미카는 남자친구의 프러포즈를 거절했고, 유키코는 삶의 방식을 이해해주는 연인을 만났다. 나도 동거 직전까지 간

남자친구가 있었지만 결국 두 사람과의 생활을 선택했다.

"세 사람의 아이를 갖고 싶어."

그런 말을 꺼낸 건 미카였다. 정확히 3년 전, 언니가 야인이 된 봄의 일이었다.

그때 미카는 자기가 낳을 생각이었을 것이다.

하지만 그 후로 미카의 일이 바빠졌고, 직장 일보단 집안일이 즐겁다는 유키코가 "내가 낳을게. 내가 제일 잘 맞을 거 같아" 하고 말했다.

일본의 의료 기관에서 제3자로부터 정자 제공을 받을 수 있는 건 법적 혼인 관계인 부부뿐이라는 사실을 알게 되자, 영어를 잘하는 미카가 해외 정자은행에 메일을 몇 통이나 보냈다. 일본에 있는 개인 정자 제공 사이트도 봤지만 유키코가 왠지 미덥지 않다기에 직접 인공수정을 할 본인의 마음을 존중하기로 했다. 어찌어찌 정자는 찾았지만 그걸 일본에서 수정해줄 병원은 찾을 수 없었다. 갖은 조사 끝에 키트를 손에 넣게 되어 집에서 인공수정을 하기로 결정했다.

예상보다 준비에 시간이 걸리는 중에, 유키코가 지금 일하는 카페에서 내는 새 지점의 지점장이 될 것 같다는 이야기가 나왔다.

"출산휴가는 좀 더 자리 잡고 난 후에 받아야 할 것 같아."

유키코는 늘 이직이 잦았지만 지금 하는 일은 좋아하는 듯했고, 가능하면 출산휴가 후에 복귀하고 싶은 눈치였다.

"내가 낳을까?"

그래서 자연스레 그렇게 제안하게 되었다.

"지금 파견 나간 곳은 출산휴가도 확실히 주는 것 같고. 지금 다니는 회사도 좋지만 아이도 갖고 싶으니까."

"고맙긴 한데, 진짜 괜찮아?"

내 말에 유키코가 걱정스레 물었다.

"응. 세 사람의 아이라면 낳아보고 싶어."

단숨에 이야기가 진행되어 해외 정자은행에서 일본으로 정자를 받을 날짜가 정해졌다. 나는 배란일을 파악하기 위해 매일 체온을 재면서 봄에 있을 인공수정을 준비 중이다.

세 사람에게 정말 아이가 생긴다면 지금까지처럼 부담 없이 언니가 있는 곳에 오기는 힘들어진다. 입덧이 어느 정도일지 모르고, 아이가 태어나면 한동안은 육아에 쫓길 터다.

나는 언니와는 다른 의미로 지금과는 다른 동물이 된다. 아이를 낳고 나서 스스로가 어떻게 바뀔지 모르지만, 왠지 그런 마음이 들었다.

오늘 밤은 언니의 굴에서 자고 가기로 했다. 언니의 굴에 나란히 몸을 누이고 언니가 두르는 담요를 같이 뒤집어썼다. 깃털과 마른 잎이 깔린 굴속은 예상외로 따뜻했고, 언니를 끌어안고 누우니 딱 좋은 크기였다.

비는 어느새 그쳤다. 굴 옆에 쌓인 눈은 녹았지만 산 비탈길은 아직 새하얗게 뒤덮인 상태였다.

방금까지 희미한 눈 냄새가 났는데 굴속은 흙냄새가 더 강했다. 어릴 적, 비 그친 교정에서 뛰놀던 때 자주 맡았던 기억이 되살아났다.

흙은 촉촉이 젖어 있었다. 빨리 따뜻해져서 이 촉촉한 땅에 새로운 봄풀이 잔뜩 자라면 좋으련만. 그러면 언니의 식량도 더 늘어나 오는 겨울까지 살아남을 수 있으리라.

"언니, 야인이 되면 외롭지 않아?"

"포우."

동의인지 부정인지 모르게 언니가 울었다.

언니는 공부를 열심히 하는 아주 우수한 사람이었다. 그런 언니가 야인이 되리라곤 생각지도 못했다.

나 또한 내가 결혼도 하지 않고 여자 친구들과 가족이 되어 세 사람의 아이를 만들게 되리라곤 예상치 못했다.

눈을 감으니 바람 소리가 났다. 미카와 유키코의 기척이 느껴지지 않는 공간에서 자는 건 오랜만이었다.

진공 팩처럼 밀봉된 아파트는 늘 나를 안심시켰다. 셋이서 만들어낸 안전한 집 안에서 여름에도 전골 요리를 먹고, 빙수 기계를 늘 꺼내두고서 겨울에도 자주 빙수를 만들어 먹는다. 그곳이 우리의 '굴'인 것이다.

언니는 나와는 대조적으로 사계절의 변화와 자신의 목숨이 직결된 삶을 살고 있다.

어릴 적, 언니는 봄이 되면 공원 민들레를 다 꺾고 다녔다.

집 안을 꽃밭으로 만들겠다며 둘이서 방에 민들레 솜털을 뿌려놓아 혼이 난 적도 있다.

생각해보면 그때부터 언니는 야인을 동경했는지도 모른다.

아이 방에 만개한 민들레를 떠올리며, 나는 어느새 잠에 빠졌다.

빗소리에 눈을 떴다.

일어나니 아침이었다. 코트 주머니에 넣어둔 스마트폰을 확인하니 미카와 유키코와 나, 세 사람의 채팅방에 메시지가 잔뜩 쌓여 있었다.

언니는 살아 계셔?

나는 추위로 곱은 손으로 답을 보냈다.

옆에서 자는 중. 건강한 것 같아.

굴에서 묵는다니 깜짝 놀랐잖아. 그러다 감기 걸려.

유키코가 곧바로 답장과 함께 도깨비 이모티콘을 보냈다.

미안해.

너 혼자만의 몸이 아니니까. 우리 셋 다 그렇지만.

그건 좀 남자친구 같아서 이상한데.

미카의 말이 왠지 좀 쑥스러워서 그렇게 답장을 보냈다.

나는 언니가 깨지 않도록 살짝 몸을 일으켰다. 온몸에 깃털이 붙어 있었다.

조용히 깃털을 털고 산을 내려왔다. 어제 올 땐 발끝에 뽀득한 감촉이 느껴졌는데, 이젠 발을 내디디면 비와 함께 눈이 부서져 물과 얼음이 섞이며 녹아 사라졌다.

마침 버스 정류장에 버스가 도착한 참이었다. 뛰어가 올라타서 가장 앞자리에 앉았다.

문득 통증이 느껴져서 퍼뜩 살피니 신발 안에 깃털이 들어 있었다. 젖은 양말에 들러붙은 깃털을 슬쩍 떼어내 가방에 넣었다.

"포우."

소리가 들려 무심코 고개를 돌리니 어린 여자아이가 장화를 신고 버스 안을 뛰어다니고 있었다.

"죄송합니다."

젊은 어머니가 주위에 사과를 하면서 "자리에 제대로 앉아" 하고 여자아이를 좌석에 앉혔다.

버스 유리창에 가는 물방울이 맺혀 밖이 잘 보이지 않았다. 굽었던 손은 버스 히터로 어느새 따뜻해졌다. 엄지손가락을 꽉 말아 쥔다. 포우, 하는 여자아이의 울음소리가 다시금 기세 좋게 차 안을 가로질렀다.

그들의 혹성에 돌아가는 일

Return to Our Home Planet

어릴 때부터 우주인은 내게 인간보다 더 친근한 존재였다.

'우주인'이라는 개념을 내가 언제 알게 되었는지는 기억나지 않는다. 아마도 스스로가 '지구인'이라 자각한 순간에는 이미 그들의 존재를 알고 있었으리라. 어릴 적 읽은 그림책에도, 친구 집에서 읽은 만화책에도, 오빠의 책장에서 몰래 빌려 온 책에도 당연한 일처럼 우주인이 나왔다. 어린이용 애니메이션에도 우주인이 잔뜩 나와 사랑을 하거나 지구로 여행을 왔다.

우주인이 등장하는 아동서 중에 어느 우주인이 가족과 함께 지구로 와서, 우주인임을 들키지 않게끔 인간의 모습을 하고 옷을 입고 인간의 언어로 말을 하며 상점가 사람들과 조금씩 친해진다는 내용의 책이 있었다. 그 외에도 발각되지 않도록 지구인처럼 행동하는 우주인은 책 속에 수두룩하게 많았다. 나는 그들에게 묘한 공감을 품고 있었다. 나 자신도 유치원과 학교에서 '지구인처럼' 행동하고 있다는 느낌이 들었기 때문이다.

나는 어릴 적부터 이상하리만치 내성적인 아이였다. 부모님도 내가 '평범하게' 학교에 다닐 수 있을지를 걱정했다. 유치원 선생님은 내가 이상할 정도로 섬세하고 울보인 데다 지나치게 어른스럽다는 사실을 초등학교 선생님에게 주의 사항으로 전달했고, 나는 선생님과 가장 가까운 자리에 앉게 되었다.

별종이 되어선 안 된다. 나는 주변 아이들을 흉내 내서 최대한 평범한 아이가 되어 눈에 띄지 않도록 필사적으로 노력했다. 학교는 무시무시한 장소였다. 별종은 즉시 발각되어 집단적으로 박해를 당하고 조롱의 대상이 되었다. 나는 누구보다 평범한 지구인이 되고 싶었다. 그건 우주인임을 들키지 않도록 신중하게 지구인을 연기하는 우주인의 모습과 조금 비슷했다. 다른 점은 난 어디까지나 지구인이라는 사실이었다. 내가 돌아갈 별은 어디에도 없었다.

내가 '상상 우주인'과 만난 건 이맘때였다. 여덟 살쯤이었을 것이다.

낮에 지구인과 함께 생활하는 동안 나는 온몸으로 내내 상처를 입었다. 아무리 평범한 지구인처럼 행동하고 밝게 대화를 나누어도, 그들과 함께하는 시간은 끊임없이 내 마음에 미세한 생채기를 냈다. 며칠에 한 번씩은 화장실에 숨어 토할 때까지 울어야만 했다. 집에 돌아와 침대에 들어갈 때쯤이면 나의 내면은 너덜너덜 상처투성이였다. 그때 창밖으로 찾아온 것이 상상 우주인 A씨였다.

A씨와 나는 즉시 사랑에 빠졌다. 침대는 순식간에 우주선이 되었다. 우리는 매일 밤하늘을 날았다. 이윽고 침대는 지구가 아닌 혹성에 다다랐다. 그곳엔 상상 우주인이 잔뜩 있었고, 곧 수많은 친구가 생겼다. 나는 그 혹성에 가서 마음을 회복할 수 있었다.

내가 타고난 성격 그대로 이 세상에 존재해도 미움받지 않는 장소, 내가 능숙하게 인간을 연기하지 않아도 애정을 느낄 수 있는 장소, 그런 장소는 이 세상에 단 한 곳, 그 불가사의한 혹성밖에 없었다. 나는 지구인과 대화해야 할 때를 빼고는 대부분의 시간을 그 혹성에서 보내게 되었다.

첫사랑도, 첫 키스와 데이트도, 첫 숨바꼭질도, 마주 보고 웃다가 가족처럼 함께 잠들었던 것도, 모두 그 상대는 상상 우주인이었다.

나는 마흔둘이 된 지금까지도 계속 그런 시간을 보내고 있다. 그러나 상상 우주인에 대해 누구에게도 명확히 말한 적은 없다. 현실도피라는 말을 듣고, 비웃음을 사고, 만에 하나 '치료를 당해서' 상상 우주인들을 잃게 된다면 나는 죽고 말 것이다. 마음을 회복하는 유일한 장소가 부서지면 인간은 죽는다. 그래서 누구에게도 말하지 않았다. 살아남기 위해서.

대학생 때 시 수업을 들은 적이 있다. 교수님은 말했다.

"전 스스로를 우주인이라고 생각했습니다. 창밖에서 나무가 흔들리거나 나뭇잎 스치는 소리가 들리면, 우주에서 내게 보내는 신호라고 느꼈죠. 나는 우주인이라서 이렇게 살기 힘든 거라고 믿었습니다. 내 진짜 동료가 UFO를 타고 나를 데리러 올 날을 계속 기다렸어요. 의외로 그런 사람들이 아주 많습니다. 저랑 똑같은 사람 있나요?"

교수님의 질문에 교실은 일순 조용해졌다가 이윽고 드문

드문 손이 올라왔다.

나는 놀랐다. 그리고 동시에 납득했다. 상상 우주인은 갈 곳 없는 지구인을 늘 구원하고 있다. 생각보다 훨씬 많은 아이와 어른이 눈에 보이지 않는 우주인 덕에 목숨을 유지하고 있음을 그때 알게 되었다.

진짜(현실 세계의) 우주인은 어쩌면 내일 당장 지구에 쳐들어와 이 세계를 가루로 만들어버릴지도 모른다. 그러나 상상 우주인들은 지구인들끼리 하는 것보다 훨씬 더 마음속 깊은 곳에서 우리와 교류해왔다고 생각한다.

이따금 나는 책을 읽다가 공상 세계에서 돌아오지 못할 때가 있다. 그럴 때도 반드시 상상 우주인이 데리러 와준다.

그들의 혹성으로, 나는 돌아간다. 지금 나는 거기서 살고 있다. 필요할 때만 우리는 손을 잡고 함께 지구로 간다.

지구는 내가 현실을 접할 수 있는 유일한 별이다. 언제부터인지 그 사실에 감동을 느끼게 되었다. 나는 지구인이지만, 이 에세이를 다 쓰고 나면 그들의 혹성으로 돌아갈 것이다. 나는 거기서밖에 잠들지 못한다. 우리는 오늘 밤도 손을 잡고 잠든다. 어릴 적부터 쭉 변함없이, 내 정신 가장 깊숙한 곳에는 그들이 존재한다.

어릴 때 나는 상상 우주인을 마음 약한 스스로가 만들어낸 도피처라고 생각했다. 그러나 상상 우주인들과 보내는 시간은 내게 경이로울 만큼의 발견을 주고, 세계를 이루는 풍경의 실루엣이 선명하고 아름답게 빛나도록 하며, 나의 인생을 음악으로 가득 채웠다. 그들과 함께할 때 나의 몸속에 있는 음악은 가장 커다란 소리로 울려 퍼진다.

분명 예상보다 훨씬 더 많은 사람들이 오늘 밤에도 상상 우주인과 사랑을 하고, 놀고, 소중한 말을 주고받고는 함께 잠들 것이다. 나는 그 수많은 상상 우주인을 떠올리며, 지구가 아닌 혹성에서 살고 있다.

'상상'이라고 하면 마치 꿈속의 사람 같으니 '절대적 존재 우주인'이라고 부르는 게 어떻겠냐고 A씨에게 제안했지만 거절당했다. 평범한 인간이나 동물보다 훨씬 확고하고 절대적으로 존재하는데…… 하는 생각이 들지만 본인이 싫다면 어쩔 수 없다. 그러나 그들은 현실 속 그 누구보다 확실하게 존재한다.

그들의 혹성에서는 지구가 보이지 않는다. 나는 가끔씩 눈을 감고 지구라는 불가사의한 별의 광경을 떠올린다. 그곳에 분명히 존재하고 있을 대량의 기적을 생각하면서, 다시 그 별에 갈 날을 고대하며 잠든다.

컬처쇼크

Culture Shock

나와 아빠가 '균일'에서 나와 '컬처쇼크'에 도착한 건 어젯밤 늦은 시간이었다.

이른 아침, 아직 밖이 어둑할 때 나는 깊이 잠든 아빠 옆을 슬쩍 빠져나와 프런트 앞을 지나쳐서 호텔 밖으로 뛰어나갔다.

하늘 가장자리가 조금씩 밝아오고, '컬처쇼크'에 늘어선 수많은 건물의 모서리가 희미하게 반짝였다. '컬처쇼크'는 '균일'과 비교하면 꽤 추웠다. 흰 셔츠밖에 걸치지 않은 나는 덜덜 떨면서 달렸다.

길 건너편에 모래를 굳혀서 만든 커다란 성이 보였다. 골

목길 안쪽엔 얼음으로 만든 투명한 집. 그 맞은편엔 개미 수만 마리를 굳혀서 만든 빌딩. 나는 본 적도 없는 건물들 사이를 끝없이 달려 나갔다.

목적지는 없었다. 의욕 가득한 아빠가 억지로 나를 '감동' 시키기 위해 녹초가 될 때까지 데리고 돌아다니는 곳만 아니라면 어디든 좋았다. 나는 아빠의 여행 사랑에 넌더리가 난 상태였다.

"가도 가도 똑같은 빌딩, 똑같은 광경, 똑같은 음식. '균일'은 이제 질렸어!"

아빠는 일 때문에 스트레스가 쌓이면 이렇게 외치고는 나를 데리고 이곳 '컬처쇼크'를 여행한다.

내게 '여행'은 갑자기 컬러풀한 옷장에 갇히는 일과 비슷하다. 본 적도 없는 세계에 억지로 놀라야 하고, 아무리 발악하고 난리를 부려도 아빠가 만족할 때까지는 나갈 수 없다.

이 세계에는 '균일'과 '컬처쇼크'라는 두 도시밖에 없다. 내가 사는 '균일'은 이 도시와 전혀 다르다. 높이가 같고 모양이 같은 흰색 빌딩이 마치 그림책에서 본 수평선처럼 저 멀리까지 쭉 이어져 있다. 나란히 줄지어 선 치아처럼 새하얀 빌딩의 바다. 나는 그 광경이 무척 아름답다고 생각한다.

'균일'은 아주 넓어서, 내가 사는 곳에서 '컬처쇼크'까지는 비행기로 열다섯 시간이나 걸린다. '컬처쇼크'의 크기가 어느 정도인지는 모르지만 '균일'에 비하면 한참 작을 것이다.

나는 이 '컬처쇼크 타운'이 기분 나쁘다. 새하얀 빌딩이 끝없이 줄지어 선, 늘 보는 광경이 더 좋다. 다양한 모양의 건물, 다양한 향이 나는 음식. 그것들은 확실히 색달라서 내게 쇼크를 주지만, 나는 딱히 그걸 바라지 않는다. 쇼크를 즐기는 사람들은 중독된 것처럼 '더 강력한 컬처쇼크를 원해!'라며 야단법석을 떤다. 아빠처럼.

바다 냄새가 났다. 처음 맡는데도 바다 냄새란 걸 알았다. 아빠가 바다 그림책을 읽어줄 때 "바다 근처 공기는 짜고 비린내가 나서 꼭 옆에 커다란 괴물이 있는 것 같단다"라고 늘 넋을 놓고 행복하게 말하기 때문이다. '균일'에는 아무리 가도 바다가 없기 때문에 나는 그 커다란 물웅덩이가 조금 무서웠지만, 나도 모르게 그쪽을 향해 내달렸다. 아빠는 헤엄을 전혀 못 치니 그 커다란 물웅덩이 속까지 절대 쫓아오지 못하리라고 생각했기 때문이다.

해변에 조개껍데기로 만든 작은 집이 있었다. 집 앞에는 노파가 앉아 있다. 내 새하얀 셔츠와 달리 조개껍데기로 만든 반짝이는 옷을 입었다. 여태 조개껍데기는 그림책에서만 봤기 때문에, 눈이 부신 그 옷이 어쩐지 무서웠다. 노파는 새파랗고 동그란 무언가를 베어 먹고 있다.

"아―――――――! 아――――――――――"

나는 '균일어'로 말을 걸었다. 노파는 인상을 쓰더니 '균일어'는 모른다고 말하려는 듯이 고개를 가로저었다. 나는 혀를 찼다. '균일 타운' 안이었다면 몇만 킬로미터를 가든 '균일어'가 통하는데.

"여기에 산다. 너는. 여기에. 그러. 한가?"

나는 영상 사이트의 애니메이션에서 배운, 이제는 멸망한 옛 도시의 언어로 물어보았다. 노파는 고개를 끄덕였다. 통하는 모양이다.

"너는 '균일'에서 왔니?"

"그래, 맞아."

"그런 기분 나쁜 도시에 살다니, 불쌍해라."

"아――――아―――――"

나는 놀라서 '균일어'로 외치고 말았다. 균일이 기분 나쁘다고? 어째서? 이곳이 훨씬 더 기분 나쁜데. 노파는 치아와 입을 파랗게 물들이며 여전히 그 이상한 음식을 먹고 있었다.

노파는 나의 시선을 느끼고는 그걸 잘라 한쪽을 내밀었다.

"먹어볼 테야?"

나는 고개를 가로저으며 뒷걸음질 쳤다.

"나. 몰라. 맛. 무서워. 몰라."

내가 늘 먹는 '균일 푸드'에는 맛도 냄새도 없다. 그래서 '맛'이란 건 어쩐지 기분이 나쁘다. 그렇게 설명하자 노파의 얼굴 표면 여기저기에 주름이 지더니 엄청나게 일그러졌다.

"문화를 모르는구나. 불쌍한 녀석이로군."

노파는 한숨을 쉬었다.

"'균일'에 학교는 있고?"

"있다! 물론!"

나는 득의양양하게 소리쳤다.

"우리는 다음 주에 수술. 그걸 해. 나는 균일해진다. 눈 색깔도. 얼굴도. 전부. 교정. 한다."

"뭐라고? 무슨 수술을 한다는 거지?"

"우리는. 모두 똑같은 얼굴이 된다! 어른들처럼 균일해진다! 기뻐! 기뻐!"

"역겨워!"

노파가 소리쳤다.

"이리 가여울 수가. 이제 '균일'에 돌아가지 말고 여기서 살아! 그래야 해!"

노파는 쭈글쭈글한 손으로 나를 끌어안았다.

"자, 이걸 먹어. 제대로 맛이 나는 음식을 먹으렴."

'맛'이 난생처음 내 입으로 들어왔다. 그것은 내 입 속에서 폭발하듯 퍼져나갔다. 나는 깜짝 놀라 토해냈다. 노파는 내 등을 어루만졌다.

"이 도시의 아이가 되렴. 그 무시무시한 곳으로 돌아가지 말고."

"컬처쇼크다!"

나는 노파를 손가락질했다.

"그것은. 당신의. 컬처쇼크다! 우리는 교환한다. 우리는 구역질을 교환한다. 당신은 나에게. 나는 당신에게. 문화를 선물한다. 컬처쇼크를 선물한다!"

나는 노파의 머리칼을 쓰다듬었다. 노파는 내 말의 의미를 이해하지 못했는지 겁먹은 소녀처럼 몸을 움츠렸다. 노파에게 컬처쇼크를 더 선사해야겠다는 생각이 들었다. 주머니에서 '균일 푸드'를 꺼내 노파의 입 속으로 밀어 넣었다.

"무슨 짓이냐!"

노파는 감미로운 위화감에 몸을 떠는 것처럼 보였다. 그리고 가만히 우리의 음식을 삼켰다.

"균일, 은, 우리, 인류. 의 문화. 우리는 교환한다. 충격을. 구역질을. 문화를. 컬처쇼크를."

"살려줘!!"

노파가 외친 순간, 내 몸속에 '노래'가 발생했다.

내 몸속에서 나의 문화가 노래하기 시작했다. 그래, 그런 거였어. 나는 내 문화의 꿈틀거림에 맞춰 입에서 균일한 음악을 흘려보냈다.

"아------아--------"

나는 노파 곁에서 노래했다. 균일한 음이 우리를 감쌌다. 노파는 미지의 문화에 박살 나버린 것처럼 넋을 놓은 상태였다.

나는 노래했다, 노파를 위하여. 노파가 조우한 소중한 컬처쇼크를 위하여.

"아--------아------"

저 멀리서 아빠의 발소리가 들린다. "아–" 하는 소리를 내며 균일한 아빠가 달려온다. 아빠는 곧바로 알 수 있을 터다. 우리의 '균일'이라는 문화가 또 한 단계 진화했음을. 아빠는 즉시 노래할 수 있으리라. '균일'이 낳은 이 노래는 눈 깜짝 할 사이 그에게 전염될 것이다.

나의 노래에 파도 소리가 겹쳐진다. 두 문화가 뒤섞여 공기를 진동시킨다. 나는 숨을 더 크게 들이마시고 입에서 새로운 음을 토해냈다. 발치에서는 노파가 난생처음 들어보는 큰 소리로 비명을 지르고 있었다. 그녀도 노래하고 있는 것이다. 나는 기쁜 마음에 더욱더 크게 소리를 질렀다. 나의 소리와 노파의 소리가 파도 속에서 포개어졌다.

기분 좋음이라는
죄

어릴 때, 어른들이 '개성'이라는 말을 안일하게 사용하는 것이 정말 싫었다.

중학생 무렵에 갑자기 학교 선생님들이 일제히 '개성'이라는 말을 쓰기 시작했던 것으로 기억한다. 지금껏 우리를 다루기 쉽게끔 평균화하려 했던 사람들이 갑자기 왜? 하는 마음이 듦과 동시에, 그 말을 쓸 때의 기분 좋아 보이는 모습이 정말이지 소름 끼쳤다. 전교 조회 땐 젊은 남자 선생님이 '개성을 소중히 하자'고 큰 목소리로 연설했다. '딱 적당하게, 어른들이 기뻐할 만한 정도로' 개성적인 그림과 글이 칭찬을 받고 높은 평가를 받게 되었다. '자, 무서워하지 말고 다들 더 개성을 표출하세요!' 그들은 그렇게 말하려는 것 같았다. 그리고 정말로 이질적인 아이, 이상함이 느껴지는 아이는 여태 그래왔듯 조용히 배제당했다.

당시의 내게 '개성'이란 '어른들의 기분을 해치지 않을, 상상 가능한 범위 안의, 딱 적당하고 멋진 특징을 보여주세요!'라는 의미를 가진 말로 느껴졌다. 그 말을 아무렇지 않게 쓰면서 한편으로 진짜 별종은 간단히 배제하는 어른을 보며 나는 (사춘기 아이 대부분이 그러하듯) '어른들의 회의에서 나온 이상한 발상은 진짜 짜증 난다니까. 또 귀찮은 소리를 하기 시작했네' 하고 생각했다. 평범함을 요구당하면 그걸 연기하면 되니 내게는 훨씬 더 나았던 것이다. (어른들이 좋아하는, '인간' 역할을 제대로 해낼 수 있는 사람의 플러스알파 요소로서 딱 적당한) '개성'이라는 말의 공포스럽고 소름 끼치는 인상은 어른이 된 지금도 기억한다.

성인이 되고 얼마 지나지 않아 '다양성'이라는 말이 여기저기서 조금씩 들려오기 시작했다.

처음 그 말을 들었을 때 떠올린 건 상쾌하고 이상적인 광경이었다. 예컨대 사무실에서 다양한 인종의 사람들과 장애를 가진 사람, 병이 있는 사람 등이 서로를 이해하며 함께 일하는 광경. 또는 동료들과의 모임에서 저마다 다양한 의미의 메이저리티와 마이너리티의 사람들이 서로의 사고방식을 이해하고, 거기 있는 모든 사람의 가치관 전부가 자연스럽게 받아들여지는 공간. 발상이 빈곤한 내가 떠올린 건 그 정도였다.

현실에서 그런 광경을 볼 수 있으면 좋겠다는 마음은 늘 있다. 그러나 나는 '다양성'이라는 말을 거의 입에 담지 않는다. 아마도 그 말의 진정한 의미를 스스로 이해하지 못했다고 느끼기 때문이리라. 그 말을 써서 기분이 좋아지는 게 두려워서라고 생각한다. 나는 아주 어리석어서, 그처럼 왠지 모르게 좋아 보이고 기분 좋은 무언가에 금세 집어삼켜지고 만다. 때문에 '내게 기분 좋은 다양성'이 무섭다. '내게 기분 나쁜 다양성'이 무엇인지 내 안에서 명확하게 언어화되어 알게 될 때까지, 그 말을 쓰며 쾌락에 빠지는 것이 무섭다. 그리고 내게 불리하고 절망적으로 기분이 나쁜 '다양성'에 대한 생각이 명확해질 때까지는 그 말을 사용할 권리가 없다고 은연중에 생각하고 있다.

이렇게 신중해진 이유는 내가 '기분 좋은 다양성'과 관련해 한 가지 죄를 지었기 때문이다.

나는 어릴 적부터 이상할 정도로 내성적인 아이였다. 굉장히 예민하고 마음이 약해 유치원에서 다른 아이가 내게 소리를 지르기만 해도 바로 울음을 터뜨렸고, 유치원 선생님과 부모님 모두 이 아이가 제대로 초등학교에 다닐 수 있을지 불안해했던 것으로 기억한다. 초등학교에 들어간 첫날 담임 선생님이 말했다.

"네가 그 울보 무라타구나. 유치원 선생님께 이야기는 들었단다. 네 자리는 여기야. 선생님 옆 의자에 앉으렴."

그땐 내가 별종이라는 사실을 처음 만난 선생님이 이미 알고 있다는 사실이 너무 무서웠다. 생각해보면 그건 과민한 나를 위한 학교의 유연한 대처였을 텐데, 당시의 나는 내가 별종이라는 사실을 이 이상 주위 아이들에게 들키면 박해를 당하게 되리라고 생각했다. 나는 주위 아이들의 말투와 행동, 리액션을 스스로 위화감이 들지 않는 범위 내에서 그대로 따라 했다. 다들 웃고 있을 땐 웃었다. 다들 화를 내는데 썩 공감할 수 없을 땐 모호하고 곤란한 얼굴을 했다. 흉내를 냄으로써 내가 얼마나 평범한 인간인지를 계속해서 발신하려 했다. 정해진 틀에서 벗어나면 이 세계에서 쫓겨나 언젠가 죽임을 당한다. 과장처럼 들리겠지만, 당시의 나는 그만큼 진지하게 궁지에 몰린 상태였다.

어른이 된 후로도 그 버릇은 계속되었다. 그래서 오랜 친구나 동창은 나를 '얌전하고 무해한 사람'이라 생각한다. 그 틀에서 벗어나는 일은 내겐 어마어마한 공포이므로, 나는 절대 결함을 드러내지 않았다.

어른이 되고 제법 시간이 흘러 많은 친구들을 만났고, 나를 둘러싼 세계의 가치관은 갑자기 변했다. 상대의 이상함을 사랑한다는 의미의 '미쳤다'는 말이 퍼지기 시작했던 것이다.

그건 박해가 아닌 수용의 말이었다. 그 말은 늘 애정과 함께 건네졌다. ○○의 이런 면이 이상해서 너무 좋아. △△ 씨의 이런 별난 행동이 사랑스러워. 다들 미쳤어, 그래서 다들 사랑스러워, 너무 좋아. 그런 말을 주고받게 되었다.

나는 그제야 처음으로 별종인 걸 숨기지 않은 채로, 각자 별난 모습 그대로 누군가와 대화를 나누고 애정을 표현하게 되었다. 그게 얼마나 기쁜 일이었는지는 지면이 아무리 넘쳐도 다 설명할 수 없다. 여태껏 죽여왔던 자신의 일부에 대해 '미쳤어, 그래서 정말 사랑스러워, 너무 좋아'라고 말해주는 이가 갑자기 인생에 몇 명이나 나타난 일이 얼마나 큰 구원이었던지. 밤에 잠들기 전 행복해서 울었던 적까지 있다. 평범해지기 위해 자신의 특이한 정신세계를 나이프로 도려내며 살아온 나는, 사실은 스스로가 그 불가사의하고 이상한 부분을 싫어하지 않고 소중히 여겨왔음을 마침내 이해하게 되었다. 그와 마찬가지로 다른 누군가의 이상한 부분을 좋아한다고 솔직하게 전할 수 있게 되었다.

그처럼 따뜻하고 애정 넘치는 세계는 눈에 쉽게 보이지 않을 뿐 사실은 저 먼 곳까지 펴져 있는 게 아닐까. 그런 거만한 생각을 하게 되었다.

그런 나날들 속에서 나는 '다양성'이라는 말로 자신을 속이고서 예전의 나처럼 '이상함'을 죽이며 살아가는 사람들을 깊이 상처 입히고 말았다.

오해 없이 전달되길 바라는데, 어느 순간부터 미디어에서 '크레이지 사야카'라는 별명이 붙게 되었다. 원래는 지인이 라디오에서 한 애정 어린 이야기의 연장선에서 나온 표현이었다. 그래서 처음엔 기뻤다.

하지만 점점 그게 단순한 캐치프레이즈로서 멋대로 퍼지게 되었다. 어느 날 TV에 나갔을 때, 나는 그 말을 캐치프레이즈처럼 사용하는 것이 좋은 일이라고 생각해서 허락하고 말았다. 다양성이 존재하고 다양한 사람들이 수용되는 건 아주 멋진 일이라고 생각했다.

그때 나라는 인간은 인간이 아니라 캐릭터가 되었다. 병에 넣어져 알기 쉬운 라벨이 붙었다. TV에 나가면 그 문구가 자막으로 흘렀다. 나는 바보라서 처음엔 그게 누군가를 상처 입힐 수 있다는 사실을 깨닫지 못했다.

'무라타 씨가 친구에게 '크레이지'라고 불리는 건 무라타 씨가 사랑받는 느낌이라 저도 기쁘지만, TV나 인터넷에서 그렇게 불리는 걸 보면 너무 괴롭고 고통스러워집니다.'

세세한 건 다르지만, 이런 내용의 편지가 내 앞으로 여러 통 도착했다. 이유는 다양했다. '무라타 씨와 스스로가 닮았다고 느끼기 때문인지 모르겠지만, 제가 그런 말을 듣고 있는 것 같은 기분이 들어요'라는 분도 있었고, '무라타 씨를 모르는 사람들이 무라타 씨를 비웃는 것을 보면 세상의 잔혹한 구조를 보는 것 같아 괴롭습니다'라고 하는 분도 있었다. '무라타 씨는 어떻게 생각하시나요?'라는 진심 어리고 정중한 질문에, 나는 아직 답을 드리지 못했다.

비웃음을 사고, 캐릭터화되고, 라벨링을 당하는 일. 그리고 이상한 사람을 이상한 그대로 사랑하고 다양성을 인정하는 일. 그 두 가지는 여러모로 굉장히 상반되는 일인데, 나는 한심하게도 한때 그것을 구분하지 못했다.

"무라타 씨, 오늘은 좀 평범해 보이는데, 촬영 시작하면 제대로 크레이지한 느낌으로 해주실 수 있나요?"

심야 방송의 사전 미팅에서 프로듀서에게 그런 말을 듣고서 깨달았다. 역시 이건 안전한 장소에서 별종을 캐릭터화한 다음 안심하려는 형태의, 수용을 가장한 라벨링이자 배제라는 사실을. 그리고 내가 그것을 다양성과 착각해 퍼뜨렸다는 사실도.

나는 그 일을 늘 부끄럽게 생각한다. 이 죄를, 나는 평생 짊어지고 살아가게 될 것이다. 나는 어릴 적에 '개성'이라는 말의 불쾌함에 상처를 받았다. 그런데도 '다양성'이라는 말의 기분 좋음에 져서 나와 같은 고통을 안고 있는 누군가를 상처 입혔다.

내게는 '한평생 짊어지고 가자'고 생각하는 죄가 몇 있지만, 이건 정말로 무겁고 또 어떻게 보상해야 할지도 알 수 없는 죄 중 하나다.

모쪼록 내가 따라갈 수 없을 만큼, 극심한 불쾌함에 구역질이 치밀 정도로 이 세계가 다양성으로 넘쳐나기를. 지금 나는 그렇게 바라고 있다. 몇 번이고 구토를 반복하며 거듭 생각해서 스스로를 계속 재판할 수 있기를. 지금의 내게 '다양성'은 그런 기도를 품은 말이 되었다.

쓰지 않은 소설

[장면 14]

가전제품에 환한 친구의 적극적인 권유에 클론을 사기로 했다.

이미 보유 중인 친구 말에 따르면 '거의 로봇청소기에 버금가는 편리함'이라고 했다. 전부터 관심이 있었던 터라 그 말이 결정타가 되어 구매를 결심하게 되었다.

전차를 갈아타고 아키하바라에 있는 큰 요도바시 카메라*

* 다양한 가전제품을 총망라해 전문적으로 판매하는 대형 체인점.

매장에 가서 리빙·생활 가전 층으로 향했다. 에스컬레이터에서 내리자 눈앞에 클론 가전 코너가 보였다.

클론 가전에 대해 잘 몰라서 이것저것 상담을 받았다. '클론 가전으로 편리한 생활!'이라고 써 있는 어깨띠를 두른 점원이 친절하게 설명을 해준다.

두 대 세트로 충분하다고 생각했지만 점원의 강력한 권유로 결국 네 대를 주문했다.

"하나는 노동. 또 하나는 집안일. 다들 이걸로 충분할 거라고 생각하지만 결국 나중에 추가로 구매하시는 고객님이 많으세요. 게다가 작성하신 설문지를 보니 고객님은 클론 가전에게 출산도 시킬 예정이시네요. 그렇다면 고객님을 위해 드리는 말씀인데, 이건 판매와는 별개로, 정말 진심으로! 할인받을 수 있는 지금 최소한 네 대는 사두시는 게 좋아요! 필요 없으면 처분도 가능하니까요."

왠지 살짝 속는 듯한 기분이었지만 열심히 권유하는 점원에게 등 떠밀려 사버리고 말았다.

일주일쯤 지나 사가와 택배* 기사가 클론이 든 상자를 배달

* 오랜 역사를 가진 일본의 대형 운송 회사.

해주었다.

“오늘은 네 개 있네요. 엄청 가볍지만.”

“고맙습니다. 수고하세요.”

늘 오는 젊은 남자가 내민 상자를 받아든다.

상자를 여니 동결건조된 내 클론이 들어 있었다.

설명서를 보면서 욕조에 뜨거운 물을 받아 잠시 담가두었다. 30분쯤 지나자 클론이 나와 같은 크기가 되었다.

네 대의 클론을 차례로 욕조에서 꺼내 오고 나니 혼자 살기엔 넓다고 느꼈던 방이 순식간에 좁아졌다.

스스로를 나쓰코A라고 하고, 욕조에서 가져온 순서대로 나쓰코B, C, D, E라고 부르기로 했다.

“여기서 다섯 사람이 사는 건가요?” 나쓰코C가 불안한 듯 말했다. “좀 좁지 않을까?” 나쓰코E도 방을 둘러보며 말한다.

“충동구매라 이사할 겨를이 없었어. 네 대나 살지도 몰랐고.”

나쓰코A인 나는 여태 그래왔듯 밖에 나가서 일을 하고, 나쓰코B는 집안일을 한다. 나쓰코C도 일을 나간다. 나쓰코D는 산부인과에 다니면서 정자은행의 정자로 임신에 도전한다. 나쓰코E는 요도바시 카메라 직원 말에 의하면 '서포트' 역할로, 클론 가전과 생활하는 데 꼭 필요한 존재라는 열띤 설명에 설득당했다.

"일해서 돈을 버는 클론이 아프거나 집안일을 담당하는 클론에게 과부하가 왔을 때, 서포트 역할을 하는 클론이 임기응변으로 대응해주면 없을 때랑은 완전히 다릅니다. 서포트 역 클론에 대해 매장에서 이렇게 설명을 하면 고객님들은 그건 필요 없을 것 같은데, 돈 낭비 아냐? 내가 서포트할 거니까 괜찮아, 하고 생각하시는데 결국 무조건 필요해질 겁니다!"

[장면 28]

"그럼 지금 집에 클론 네 대가 있다는 거네."

보이스 채팅으로 대화하던 미카가 "야, 목소리 듣고 싶어! 나쓰코A 말고 다른 나쓰코 있어?" 하고 말하자, 우리는 서로 눈빛을 교환했다.

"대답해도 괜찮아?"

나쓰코E가 살짝 관심을 보이며 말하자 "아, 들려! 넌 어느 나쓰코야?" 하고 미카가 아주 흥미롭다는 듯이 대답했다.

"마음대로 말해도 돼. 비밀도 아니고."

되도록 클론 가전을 지배하지 말자고 생각하는데도, 무심코 무뚝뚝한 말투가 나오고 만다. 한편으로는 클론이 나에 대해 어디까지 아는지, 미카에게 알리고 싶지 않은 부분까지 말해버리진 않을까 불안해서 딱히 큰 비밀은 없는데도 자리를 벗어나지 못하고 있었다.

"저는 나쓰코E예요. 비밀 보장 의무가 있어서 많은 말은 하지 못합니다."

나쓰코E는 그런 내 마음을 읽었는지 적당히 둘러댔다. 설명서는 대충 훑기만 했지만 특별히 발언 제한은 없었던 것으로 기억한다. 나쓰코E의 센스가 고마웠다.

클론은 납품된 시점에는 대체로 비슷한 느낌이지만 그 후 환경에 따라 성격이 바뀐다고 요도바시 카메라 직원이 말했었는데, 환경은 썩 다르지 않은데도 벌써 나쓰코B, C, D, E는 저마다 조금씩 성격 차이가 생기는 듯했다.

'내가 가진 그 요소가 증폭되었구나' 싶은 나쓰코도 있는가 하면 '나한테 이런 면이 있었나' 싶은 나쓰코도 있었다.

집안일 전반을 담당하는 나쓰코B는 내가 볼 때 가장 나와 동떨어진 나쓰코로, 멍하니 있다가 쉽게 휩쓸려버리곤 하는 나와 달리 다부져서 의지가 되는 느낌이다. 지금도 점심으로 먹을 중화식 냉소바를 솜씨 좋게 요리하는 동시에 미리 만들어둔 반찬을 통에서 꺼내 접시에 담아내고 있다. 무와 으깬 고기 조림, 콩나물과 참치 무침, 우엉과 곤약 조림, 버섯 절임 등이 통에 들어 있는데, 그중 냉소바에 어울릴 만한 것을 골라 내어놓고 있는 모양이다.

혼자서 집안일 5인분을 다 하기는 힘들기 때문에 서포트 역인 나쓰코E와 아직 임신 전인 나쓰코D가 거들고 나도 제대로 도울 생각이었다. 그러나 요리는 나쓰코B 외엔 전부 젬병이라 오히려 성가시게 만들기 일쑤여서 설거지 외에는 집안일 대부분을 다 맡기게 되었다.

다섯 명의 나쓰코 중 단연 나쓰코B가 가장 우수하고 뭐든 나보다 훨씬 잘하는 것처럼 보여서, 같이 욕조에 들어갔을 때 나쓰코B에게 나쓰코A가 되어서 클론 가전의 주인으로 사는 게 낫지 않겠냐고 제안한 적이 있다.

우리 집 욕조는 물을 데우는 기능이 없어서 욕조에 들어가는 건 하루 두 명으로 정해두고 나머지 셋은 샤워를 하는데, 그 순서를 미리 표로 만들어두었다. "멍청한 소리 하지 마세요. 거

기다 각자 수명이 다르다는 거 잊으셨나요?" 나쓰코B는 내 제안을 바로 각하했지만, 수명 문제만 없다면 그게 더 낫지 않을까 하고, 척척 집안일을 해내는 나쓰코B를 보며 늘 생각한다.

나쓰코C는 초등학생 때 '반장'이라 불렸던 나의 고지식한 면이 제법 드러난 듯하다. 그러나 마치 합창 콩쿠르에 너무 진심이라 매일 아침 의욕 넘치게 연습을 하려들어 반 아이들 사이에서 은근 짜증 나는 애 취급을 당하는 타입의 성가신 성실함이라 거슬린다. 성인이니 좀 더 융통성 있게 굴어도 될 텐데. 지금의 내겐 그렇게 느껴지는 그녀를 보고 있으면 과거의 내가 떠올라 부끄러워진다. 마음에 쌓아두는 타입이라 늘 생글생글 웃다가 갑자기 폭발해 화를 낼 때가 있기 때문에 나쓰코C와 대화하는 건 좀 거북했다. 나쓰코C는 지금도 최근 다니기 시작한 회사의 매뉴얼을 읽으며 공부 중인 듯했다.

나쓰코D는 물을 끓여 차를 마시려는 참인데, 자기 외의 다른 나쓰코도 차를 마실 건지 묻고 싶지만 말을 꺼내지 못해 안절부절못하고 있었다. 나쓰코D와 눈이 마주쳐서 "아, 나도 차 마시고 싶어" 하고 말하자 안심한 듯 고개를 끄덕이곤 몇 년 전 어디서 부의 답례품으로 받은 차를 스푼으로 찻

주전자에 넣었다. 찻잔이 두 개뿐이라 나머지 세 사람의 차는 어느 컵을 쓰면 될지 모르겠는지, 이번엔 식기 찬장을 바라보며 난처해한다. "이 컵을 쓰면 되지 않을까? 내열 컵이니까." 금방 눈치챈 나쓰코B가 시원시원하게 지시한다.

"고마워."

나쓰코D는 컵을 받아 들더니 이번엔 나쓰코B에게 식사 준비를 돕길 원하는지 묻고 싶은 듯 머뭇머뭇했다.

D는 나의 내향적이고 부정적인 면이 강하게 드러난 나쓰코였다. 나도 스스로에게 자신이 없는 편이지만, 나쓰코D가 나와 똑같은 얼굴로 불안해하며 주뼛대는 모습을 보면 그렇게까지 자기를 낮춰야 하나 싶어 귀찮아진다.

나의 경솔함이나 생각 없이 휩쓸려버리는 면이 특히 많이 드러난 것은 나쓰코E였다. 왠지 모르게 텐션이 높고 성의 없는 구석이 있어서 서포트 역할로 나쓰코E가 정말 적합했던 걸까 싶다.

"뭐, 어차피 전부 같은 나쓰코라 방은 좁지만 서로 잘 도우면서 사이좋게 지내고 있어요. 제가 인간이었다면 클론 가전을 갖고 싶을지도 모르겠네요."

나쓰코E는 어디선가 찾아온 내 오래된 페디큐어를 바르

며 가벼운 말투로 기분 좋게 미카와 대화 중이다.

"와, 웃으니까 나쓰코랑 목소리가 더 똑같아! 근데 용케 거기서 다섯 명이나 살고 있네."

"그러니까요. 침실인 다다미방에서 다 같이 섞여 자는 수밖에 없다니까요. 나쓰코C의 월급이 들어오면 이사하고 싶은데."

미카가 웃었다. 쓸데없는 말은 하지 말자는 생각인지, E 외의 다른 나쓰코들은 말없이 각자의 작업에 몰두하고 있었다.

[장면 53]

자신과 자신이 키스나 섹스를 하는 장면을 보는 건 이상한 기분이었다.

자신의 얼굴은 거울이나 사진으로밖에 본 적이 없기 때문에, 같은 얼굴이 눈앞에 있어도 이런저런 세부 요소와 윤곽, 얼굴 근육의 움직임 등이 셀프 이미지와는 조금 다르게 느껴진다. 그러나 손과 발은 늘 보는 '자신의 손발'과 완전히 똑같아서 타인의 손발을 볼 때처럼 '손톱이 둥글구나'라든지 '셋째 발가락이 기네' 하고 느끼는 일은 없다. '이건 나의 손이다'라고 순간적으로 뇌가 판단한다. 그런 내 손발이 눈앞에서 포개어지고 얽히는 광경은 현실감이 없어서 뇌에서 버그가 발생한 느낌이었다. 내 손발이 잘려 저쪽으로 굴러갔나 싶어 무심코 확인하게 된다. 나쓰코D의 머리칼 속을 헤엄치고 있는 나쓰코E의 손바닥과 똑같은 것이 대롱대롱 내 팔에도 매달려 있었다.

나쓰코D에게는 아이를 낳게 할 예정이었지만 그 계획은 변경해야 할 것이다. 그녀들은 원칙적으로 모노가미*인 듯하고, 나쓰코D와 나쓰코E가 원치 않는 이상 내가 그걸 명령하는 건 너무나도 이상한 일처럼 느껴졌다.

나쓰코D와 나쓰코E가 섹스를 한 후엔 몸 어딘가에 다다미 자국이 남아 있다. 다른 나쓰코도 다다미방에서 자는데, 이불 위에서 잘 웅크리고 자는 건지 나쓰코D와 나쓰코E 외의 다른 나쓰코의 피부에서 다다미 자국을 발견한 적은 없었다. 그건 키스 마크보다 훨씬 더 생생한 성애의 흔적으로 보였다.

"나쓰코D랑 나쓰코E는 이 집에선 프라이버시가 없어서

* 1 대 1 관계의 독점적 연애, 배우자를 한 명으로 제한하는 단혼을 의미한다.

힘들지 않아? 직장은 알아볼 테니까 둘이서 집을 나가는 건 어때?"

나쓰코E에게 그렇게 제안했지만 "뭐? 클론 가전이 방을 빌릴 수가 있어? 안 될걸? 지금 이대로 괜찮은데. 일단은 나쓰코D한테도 물어는 볼게. 아마 같은 생각이겠지만" 하는 반응이었다.

[장면 82]

나쓰코C가 죽고 일주일이 흘렀다.

나쓰코D는 원래도 쉽게 우울해하는 성격이라 아무것도 손에 잡히지 않는 모양이었다. 정신적인 이유인지 어지럽다며 몸져누웠다. 병원에 데려가니 스트레스에 의한 자율신경계 이상이 의심된다는 진단을 받았다.

부드러운 음식을 먹여도 다 토해버려서 링거를 맞고 돌아왔다.

나쓰코D는 다 같이 모여 자던 다다미방에 혼자 누워 지냈다. 연인이자 서포트 역인 나쓰코E가 늘 곁에 달라붙어 나쓰코D를 간호했다.

솔직히 나쓰코C는 세트로 묶어서 산 가전 중 하나일 뿐이었기 때문에 그렇게까지 슬퍼하는 나쓰코D가 조금 귀찮았다. 슬퍼하지 않는 자신이 잔인한 사람이 되는 것 같아 D 앞에서는 나도 기분이 가라앉은 척해야만 했다.

하지만 귀찮은 마음과는 반대로 자꾸만 나쓰코D의 눈동자가 신경 쓰여 몇 번이고 그쪽으로 눈길이 향하고 만다. 나쓰코E는 예리한 구석이 있으므로, 내 시선이 자기 옆 나쓰코D를 필요 이상으로 건드리고 있다는 사실을 분명 이미 눈치챘으리라. 나쓰코E가 내 감정을 일부러 모른 척한다는 건 느낌으로 알고 있었다.

나쓰코C의 죽음에 모종의 고발의 의미가 있다는 사실은, 나와 나쓰코B만이 공유했다.

나쓰코B는 나쓰코C에게 이런저런 이야기를 제법 많이 들어온 모양이었고, 나는 스스로가 나쓰코C에게 전혀 신뢰받지 못했다는 사실을 뼈저리게 실감했다. 내가 클론 가전이라도 자기를 요도바시 카메라에서 구매해 일을 시키고 다른 클론에게는 임신을 떠맡기려 하는 주인을 신뢰할 수도 없을 뿐더러, 그와 친구가 될 수도 없을 거라고 멍하니 생각했다.

[장면 92]

나쓰코D의 발가락이 손에 살짝 스쳤다. 어릴 적부터 늘 봐온 것과 똑같은, 동그랗게 부푼 발가락. 나쓰코D의 눈은 늘 새까매서 다른 나쓰코보다 색이 더 짙은 느낌이다. 눈동자 색은 완전히 똑같을 테니 내가 나쓰코D에게 가지고 있는 인상이 그렇게 보이게 만드는 것이리라.

새까맣고 깊은 나쓰코D의 눈동자가 움직이더니 나와 초점이 맞는다. 나쓰코D의 눈은 어둠을 느끼게 하지만, 그 시선이 나를 붙드는 순간 빛줄기가 되어 나의 온몸을 할퀸다. 종이 끝에 손을 베었을 때와 비슷한 통증이 현실에서 내 육체에 찾아드니, 감정이란 참 신기하다. 뇌 속에서 일어나는 일이 어떻게 실제 통증이나 열이 되어 몸 안을 돌아다니는 걸까.

"왜 그러세요?"

"그냥. 발가락이 차가운 것 같아서. 냉한 체질이구나. 역시 나랑 똑같네."

"그거야 그렇겠죠."

나쓰코D는 그렇게 말하며 고개를 끄덕였다. 나쓰코D는 긴장하면 머리를 살짝 위아래로 움직이는 버릇이 있어, 머리칼이 다다미 위에서 생물처럼 꿈틀댄다. 그 버릇은 원래

내 것임에도 불구하고, 나쓰코D의 얼굴 근육이 긴장한 형태로 변화하는 모습을 묘한 기분으로 바라보았다.

왜 내가 나쓰코D에게 이토록 애를 태우게 됐는지 스스로도 이해할 수 없었다. 다른 나쓰코와 달리 무언가가 특별히 가슴을 울린다든지 공감이 된다든지 아니면 반대로 미지의 부분이 있다든지, 그런 감각이 있는 건 아니었다. 그런데도 나쓰코D에게만 묘하게 집착하게 되고, 내가 줄 수 있는 최대한의 행복과 자유를 그녀가 누리길 바라게 되는 것이었다.

나쓰코D와 나쓰코E가 행복하게 지낼 수 있는 작은 집을 빌리고 싶어 부동산을 돌아다녔다. 딱히 우리 집과 가까울 필요는 없으므로, 나쓰코D와 E가 직장을 잡을 수 있다면 지방이라도 괜찮았다.

그러나 나쓰코D는 집을 나가길 완강하게 거부했다. 나는 최소한의 대책으로 나쓰코D와 나쓰코E에게 우리의 침실이었던 좁은 다다미방을 양보하고, 고타쓰* 테이블과 접이

* 일본식 실내 난방 기구. 나무 탁자 아래 난로를 두고 그 위에 이불이나 담요 등을 덮은 것이다.

식 밥상 두 개가 나란히 놓인 좁은 방에서 나쓰코B와 함께 잤다.

나쓰코D와 E의 성행위 소리가 들리면 어떡하지. 지금의 내가 그걸 어떻게 느낄지 불안했지만, 가끔 밤중에 나쓰코D가 흐느끼는 소리가 들려올 뿐이었다.

우리는 다 같은 목소리인데도 이상하게 나는 나쓰코D의 흐느낌을 구분해낼 수 있었다. 어릴 적 내 귀에 울리던 스스로의 울음소리보다 훨씬 더 미약하고 낮고 뚝뚝 끊어지는데, 거기다 이따금 딸꾹질이 섞여 이대로 이 소리가 사라지는 게 아닐까 불안을 불러일으키는 목소리였다.

나쓰코E뿐만 아니라 B 또한 내가 나쓰코D를 특별하게 느끼고 있다는 사실을 눈치챘을지도 모른다. 나쓰코C의 죽음보다 D의 절망에 더 마음이 흐트러진 나를 어렴풋이 경멸하는 나쓰코B의 마음이 전해지는 것 같았다.

[장면 103]

안쪽 다다미방에서 탁, 하는 소리가 난다.

미닫이문 너머엔 이 집의 여왕이 된 나쓰코D가 누워 있다. 문은 늘 닫혀 있어서 실제 D의 모습은 보이지 않는다.

나쓰코D의 오른팔이 된 나쓰코B는 우리에게 착착 지시를 내렸다. 그녀들의 지시에 따라 나는 나쓰코C가 되어 회사에 다니기 시작했다. 내가 다니던 회사에는 나 대신 나쓰코E가 다녔다.

기묘한 나날이었다.

나쓰코B에게 뒤처리를 다 맡겼던 나는, 나쓰코C의 죽음을 회사에 알리지 않은 채 계속 병가 상태로 두었다는 사실조차 모르고 있었다.

나쓰코C가 되어 그녀의 회사에 다니며 섬뜩했던 건 아무도 나의 눈동자를 보려 하지 않는다는 점이었다.

클론으로서 밖에 일을 하러 나오는 건 이런 느낌이구나. 인간 취급을 받지 못한다는 건 굳이 대화를 나누거나 어떤 성격인지 판단받지 않아도 된다는 뜻이기도 해서 묘한 홀가분함이 있었다. 나쓰코C가 무엇에 그렇게까지 절망했는지는 여전히 모르는 채로, 나는 나쓰코C로서 계속 일했다.

나를 대신해서 출근하는 나쓰코E는 "아, 피곤해"라고 말하며 진 빠진 모습으로 매일 집에 돌아왔고, 나는 그 '피곤해'란 말에 포함되어 있는 것과 포함되어 있지 않은 것에 대해 생각했다.

이대로 나쓰코D가 이 집을 지배해 다른 나쓰코들은 나쓰코D만을 위한 도구로 살아가게 될지도 모른다. 왠지 그래도 괜찮을 것 같은 느낌이 들었다.

나쓰코D와 나쓰코B가 복수하려는 대상은 나쓰코C의 회사만이 아닐지도 모른다고 생각했다. 그녀들의 육체를 가전 양판점에서 헐값에 사들여 제 인생을 위해 쓰려고 했던 나 역시 복수의 대상이지 않을까. 멍하니 그런 생각을 하면서, 다다미방에 누워 우리에게 지시를 내리는 나쓰코D의 모습을 떠올렸다.

[장면 203]

나쓰코E가 작은 목소리로 "이대로 도망가지 않을래?"라고 말했던 그날, 나는 도망치지 않겠다고 말해야 했는지도 모른다.

나쓰코E는 둘이서 먼 곳까지 온 것을 전혀 후회하지 않는 듯했다.

클론은 호적 없이도 아르바이트가 가능하다며, 나쓰코E는 낮 동안엔 근처 100엔 숍에서, 밤에는 이자카야에서 일하기 시작했다. 집에서 손 놓고 있기 미안해서 나도 클론용 이력서를 만들어 가까운 패밀리 레스토랑에서 아르바이트를 시작했다. 면접을 보러 갔더니, 나쓰코E가 훌륭하게 만들어낸 클론 증명서를 부점장이라는 젊은 남자가 유심히 들여다보았다. 가슴이 철렁했지만 "복사 좀 할게요" 하고 아무렇지도 않게 증명서를 복사하고는 간단히 합격시켜줘서 이튿날부터 교대 근무에 들어가게 되었다.

학생 때 패밀리 레스토랑에서 아르바이트를 했던 경험이 있지만, 이젠 포스기 조작법과 주문받는 방식이 많이 바뀌었다. 나쓰코E는 손님 대하는 일이 잘 맞는 모양이었다. 일을 끝내고 돌아가는 길에 나쓰코E가 일하는 100엔 숍에 가면, 그녀는 빠릿빠릿하게 상품 안내를 하거나 다른 점원과 함께 포스기를 두드리고 있었다.

나쓰코E의 이자카야 아르바이트는 화요일, 금요일, 토요일이라 그 외 다른 날은 내 아르바이트가 끝날 때까지 기다려주었고, 둘이서 한들한들 밤길을 걸어 집으로 돌아오곤 했다.

왠지 학창 시절의 여름방학 같은 느낌이었다. 나쓰코E는 나쓰코D와 달리 나의 성애적인 부분을 자극하지 않는 존재여서 함께 있으면 마음이 편했다.

"더워졌네. 아이스크림 먹을래?"

편의점을 가리키며 나쓰코E가 말했다. 둘이서 아이스크림을 먹으며, 문득 지금이 여름이라는 사실을 깨달았다. 클론 가전을 구입한 지도 1년이 다 되어가고 있었다.

[장면 205]

원래 살던 동네에 여덟 시간이 걸려 도착했지만, 왠인지 전혀 그리운 느낌은 들지 않았다. 나쓰코E와 함께 예전에 다니던 회사에 몰래 가보기 전에 혹시 몰라 약간 변장을 하기로 했다. 근처 잡화점에서 도수 없는 안경과 모자를 샀다. 점원은 명랑한 목소리로 "쌍둥이세요?" 하고 물었다.

"네, 맞아요."

나쓰코E는 선선히 대답하곤 "바로 쓰고 싶은데 가격표 떼어주시겠어요?"라며 점원에게 웃어 보였다.

내가 다니던 회사에서 일하며 서둘러 야근을 끝내고 미카와의 약속 장소로 향하는 나쓰코D는 클론을 구입하기 전의 내 모습 그대로였다.

나쓰코D는 이대로 나로서, 나쓰코A로서, 인간으로서 살아갈 생각인 걸까? 알 수 없었다. 나는 나쓰코D가 그녀만의 말투와 눈꺼풀을 움직이는 방법, 목소리 발성법과 얼굴 근육을 움직이는 법 전부를 버린 것이 슬펐다.

나쓰코D에게 남은 나쓰코D다운 움직임은 왼쪽 엄지손가락뿐이었다.

"저게 말이 돼? 저건 나쓰코A 그 자체잖아."

나쓰코E는 그렇게 단언했으나, 나는 알 수 있었다. 커피숍 테이블 위 컵에 맺힌 물방울에 컵 받침이 젖지 않도록, 조용히 닦아내는 그 움직임. 그것만은 내 것이 아니었다. 분명 그것은 나쓰코D의 근육 특유의 움직임이었다.

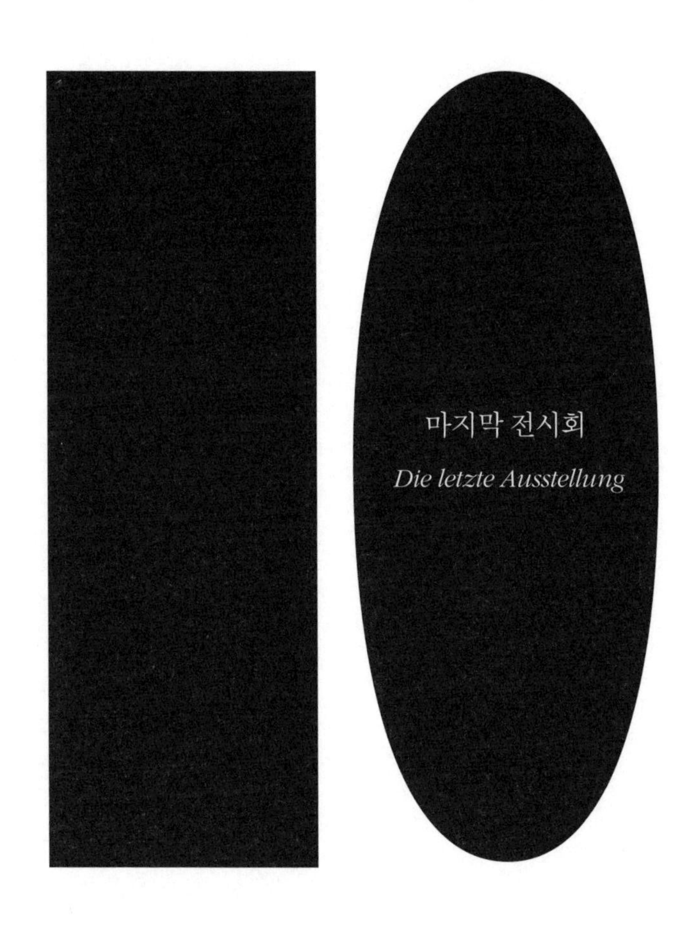
마지막 전시회
Die letzte Ausstellung

새까만 별의 표면을 자세히 들여다보니 좀 더 짙고 어두운 윤곽이 보여서 바다와 섬이 있다는 사실을 알았다.

K는 익숙한 손놀림으로 수면과 육지를 구분해 물이 없는 어둠 속에 착륙했다.

우주선으로 접근할 때 표면을 보며 상상했던 대로 이 별에는 생명체가 거의 없는 듯했다. K는 그의 기나긴 여정을 이 별에서 끝낼 생각이었다.

K는 우주선 밖으로 나와 한동안 걸었다. 한숨을 쉬고 발길을 돌리려는 순간, 새까만 지면에 묻혀 있는 네모난 무언

가를 발견했다.

그건 로봇의 머리였다. 네모난 모양에 눈과 입 같은 것이 붙어 있고, 목 아래는 땅에 묻힌 채였다. K는 번역기를 써서 로봇을 불러보았다.

"당신은 이 별의 로봇인가요? 대화 기능이 있나요?"

잠시 후 로봇의 눈이 K의 음성에 반응해 파랗게 빛났다.

"나는. 마쓰카타. 로봇. 여기에 있습니다."

마쓰카타의 말은 K가 몸에 지닌 번역기에 의해 잠시 후 K의 별 언어로 변환되어, 다소 기계적인 울림으로 K의 귀를 통해 몸 안으로 들어왔다.

"잘됐네요. 이 별에 생명체는 거의 없어 보이는데, 당신을 만든 생물은 아직 어딘가에 있나요?"

"없다. 나는. 혼자서. 여기에 있습니다."

K는 로봇에게 다가갔다. 로봇만 남겨진 별에는 익숙했다.

"나는 긴 여행을 했습니다. 이 별은 '휴포포로라휸'이라는 개념이 있는 별입니까?"

"음성이 확인되지 않습니다. 다시 한번 말씀해주세요."

로봇 마쓰카타가 말했다.

"'휴포포로라휸'. 역시 번역이 안 되는 건가. 이건 토코론론

별의 언어라서 저도 뜻은 잘 모릅니다. 저는 '휴포포로라휸'이라는 개념이 존재하는 별을 찾아 계속 여행을 해왔습니다."

K는 여행을 시작했을 때보다 많이 늙은 상태였다. 그는 로봇 곁에 접이식 의자를 꺼내 "실례" 하고 가볍게 양해를 구하고는 앉았다.

"어떻게 설명하면 좋을까."

K는 한숨을 쉬었다.

"나는. 여기에. 있습니다."

"고마워요. 그렇지, 내 사연부터 먼저 이야기해볼까."

K는 우주선에서 커피 비슷한 음료를 꺼내 천천히 들이켰다.

파도 소리가 들렸다. 바다가 있는 별은 오랜만이었다. 이 별엔 이제 작은 곤충밖에 남지 않은 모양이었다. 이따금 작고 검은 그림자가 시야 끝을 스쳐 지나갔다.

"전 옛날부터 여행을 좋아했어요. 저는 카루캇타별에서 태어났는데, 거긴 다른 동물도 많이 있었지만 언어나 과학기술을 가진 건 카루캇타별 사람들뿐이었어요. 카루캇타에서 사람의 수명은 1억 년 정도인데, 우주선 면허를 딸 수 있는 연령이 된 후론 자주 여행을 다녔습니다. 하루는 토코론론별이라는, 조금 멀리 떨어진 곳에 도착했어요. 그 별은 아주 아름다운 데다 다들 친절했고 '휴포포로라휸'을 소중히 여겼습니다. 특히 칼이라는 친구는 제게 그 물체를 많이 보여줬어요. 제가 태어난 별에는 이름을 붙이는 관습이 없어서 칼은 자기 이름을 내게 줬습니다. 어느 날, 토코론론별이 곧 거대한 운석과 충돌해 소멸하리란 사실을 알게 되었어요. 저는 칼과 친구들에게 내 우주선을 타고 도망치자고 했지만, 그들은 제게 '휴포포로라휸'인 물체들을 보호해 어딘가 안전한 장소로 옮겨달라고 부탁했어요.

저는 부탁받은 대로 우주선에 물체를 최대한 싣고서 혼자 토코론론별을 떠났습니다. 그때부터 계속 여행을 하는 중이에요. '휴포포로라휸'이라는 개념이 있는 별에 이 물체들을 맡기고 싶었거든요. 제 수명의 대부분을 써서 1억 년 가까이 여행을 했습니다. 하지만 어디서도 발견하지 못했어요."

"……"

로봇 마쓰카타는 잠자코 K의 이야기를 들었다. 그는 눈을 파란색과 흰색으로 점멸해가며 K의 말을 천천히 인식 중인 듯했다.

"'휴포포로라휸'은 토코론론별 사람들 특유의 개념이겠구나, 하고 생각했습니다. 그러나 언젠가 '휴포포로라휸'이라는 개념이 있는 별을 찾아 칼과 친구들이 맡긴 컬렉션을 전달하고 싶다는 마음을 도무지 포기할 수가 없었어요. 스스로도 이해하지 못한 개념을 설명하는 건 고생스러웠지만, 칼과 친구들이 제게 열심히 가르쳐준 것을 몇 번이고 반복해서 전달해왔습니다. 칼의 말에 따르면, 그것을 보면 몸속에 꽃이 핀다고 합니다."

"꽃."

마쓰카타는 "'휴포포로라휸'의 정보를. 조금 더 주십시오" 하고 말했다. K는 토코론론별 사람들에게 배운 모든 것을 설명했다.

"이게 제가 아는 전부예요."

"……"

로봇 마쓰카타는 침묵했다. 한 시간 정도 기다린 후 K는 마쓰카타에게 슬쩍 말을 걸었다.

"힘들까요? 역시 토코론론별에만 존재하는 개념이었나 보군요. 제 수명도 이제 얼마 남지 않았습니다. 이 별에 제가 보관 중인 '휴포포로라휸' 물체들을 두고 가도 괜찮을까요? 언젠가 '휴포포로라휸'이라는 개념이 존재하는 별에서 이곳으로 온 우주인이 발견해줄지도 모르니까요."

"예술."* 마쓰카타가 중얼거렸다.

"'휴포포로라휸'은 인간의 언어에서 '예술'과 많이 비슷합니다."

K는 깜짝 놀라 벌떡 일어섰다.

"정말입니까?"

"완전히 똑같지는 않습니다. 하지만 아주 비슷합니다."

로봇 마쓰카타는 조심스럽게 설명했다.

"이 별에 인간이라는 생물이 있었습니다. 만 년쯤 전에 멸종했습니다. 백여 명 정도가 남았을 때 인간은 '예술'을 많이 보존해두고자 했습니다. 그걸 위해 나를 만들었습니다. 나의 몸 안에 수많은 '예술' 있습니다."

로봇 마쓰카타의 얼굴 전면이 좌우로 열리더니 커다란 구멍이 되었다. 크게 열린 입 속에는 계단이 있었다. K는 마쓰카타의 얼굴에 뚫린 구멍을 통해 그의 몸속으로 내려갔다.

거기엔 수많은 물체가 늘어서 있었다. 토코론론별 사람들이 맡긴 '휴포포로라휸' 물체와 비슷한 것도 있는가 하면 전혀

* 원문은 '게주(ゲージュ)'로 나와 있으며, 이는 일본어에서 '예술'의 발음과 유사하다.

다른 것도 있었다.

K는 마쓰카타의 얼굴 구멍을 통해 밖으로 나와 마쓰카타에게 말했다.

"고마워요. '휴포포로라휸'과 '예술'이 꽤 비슷한 개념일지도 모른다는 희망이 생겼습니다."

K는 마쓰카타에게 '예술'에 대해 자세한 이야기를 들었다. '예술'을 사랑하는 인간이라는 생물의 행동에 대한 다양한 설명도 들었다. K는 그들이 '전시회'라는 행동을 한다는 부분에 착목했다.

"우리도 해보지 않을래요? 어쩌면 다른 별에서 '휴포포로라휸'이나 '예술'을 보러 우주인이 올지도 몰라요."

"아주 기쁩니다. 계속 기다리는 것 지쳤습니다."

그때 하늘이 밝아지더니 수평선 언저리에서 옅은 주홍색과 하늘색이 뒤섞여 빛을 발하는 것이 보였다.

"뭐지?"

"낮."

"낮, 아아, 그렇구나, 저쪽에 있는 커다란 별의 빛이 여기까지 닿는 거로군요. 그런 별도 몇 군데 있었습니다. 밝아지는 건 봤지만 이런 색깔이 되는 건 신기하네요."

K는 잠시 하늘을 바라보았다. 그사이 마쓰카타는 '예술'과 '전시회'에 관한 데이터를 출력했다.

K와 마쓰카타는 서로 상의해가며 '전시회' 초대장을 만들었다. 완성했을 땐 하늘이 다시 새까만 우주의 색으로 돌아간 후였다.

새로운 개념은 어떠십니까.

'휴포포로라휸'과 '예술'

저는 1억 년 동안 여행을 하면서 두 개의 별에서 이 말들을 발견했습니다.

언어화되지 않았을 뿐 사실은 당신의 별에도 존재할지 모릅니다.

여기에 특징을 설명하겠습니다.

물체인 경우가 많습니다. 음성이나 언어 등 다른 형태인 경우도 있는 듯합니다.

색이 칠해진 것이 많습니다. 칠해지지 않은 것도 있습니다.

큰 것부터 작은 것까지 다 있습니다. 납작한 종이 모양이 특

히 많이 존재하고, 그것들은 벽에 걸려 있는 경우도 있습니다. 입체적인 것은 좌대 위에 놓여 있기도 합니다.

이 물체들을 보면 몸속에서 꽃이 핀다고 합니다.

마음에 짚이는 구석이 있는 분은 꼭 전시회에 오세요.

지구라는 별이 멸망할 때까지 계속됩니다.

"저는 앞으로 50년 후쯤에 이곳을 떠날 겁니다. 인간은 사라졌지만 여기엔 아직 곤충이 많이 있습니다. 제 시체가 여기 있으면 그들의 생태계가 무너질지도 몰라요."

"알겠습니다."

초대장에 지구의 위치를 표시한 지도를 실었다. K의 우주선에는 긴급할 때 구조를 부르기 위한 용도의 작은 우주선이 많이 있어서, 거기 초대장을 넣은 다음 전부 하늘로 날려 보냈다.

K는 '전시회'를 어떻게 열어야 할지 몰랐지만, 마쓰카타가 출력한 데이터에 따르면 물체의 보존이 중요한 듯했으므로 거대한 유리 수조를 만들어 뚜껑을 닫고 문을 달아 그 안에 물체들을 진열했다.

'전시회'의 준비가 끝난 후 K와 마쓰카타는 조용히 생활하며 손님이 방문하기를 기다렸다. K는 텅 빈 마쓰카타의 몸 안에서 지냈다. 지하실 같은 곳이라 창문도 없고 어둑어둑했다. K는 하늘이 밝아올 무렵이면 밖으로 나왔다.

먹을 수 있는 식물이 잔뜩 있고 물도 있었으므로, K는 대부분의 시간을 마쓰카타의 머리 근처에서 보냈다. 마쓰카타는 인간의 생태에 대해 이야기했고, K는 자신이 태어난 별이나 여행하며 봐온 수많은 별에 대해 이야기했다.

낮이 끝나고 하늘이 어두워지면 바람도 차가워지기 때문에 K는 "그럼, 이만" 하고 마쓰카타의 몸속으로 들어가 잠들었다. 비나 눈이 내리는 날은 밖에 나가기 전에 마쓰카타가 알려주곤 했다.

"언젠가 나도 여행을 하고 싶어."

마쓰카타가 중얼거렸다.

"여행은 좋은 거예요. 아아, 초대장에 쓸 걸 그랬네요. 칼이 '휴포포로라휸'은 여행이기도 하다고 했거든요."

"이게?"

K는 고개를 끄덕였다.

"아주 닮은 면이 있다고 말하더군요."

40년이 흘렀다. K는 슬슬 자신이 수명이 다해가는 것을 느꼈다.

몸을 움직일 수 있을 때 지구를 떠나야 한다고 생각했다. 우주선을 정비하는데, 멀리서 은색 구체가 보였다. 낮 동안 가끔 보이는 달이라는 별인가 했지만 그것은 굉장한 속도로 다가와 지면에 내려섰다.

안에서 나온 건 은색 막대 모양의 생물이었다.

"안녕하세요."

K가 말을 걸자 은색 막대 우주인은 초대장을 보이며 말했다.

"이걸 날려 보낸 건 당신입니까?"

"맞습니다. '전시회'를 보러 와주신 건가요?"

"저는 당신을 죽일 겁니다."

은색 막대 우주인은 총을 꺼내 K를 겨눴다. K는 놀라지 않았다.

"그렇군요. 이유가 뭔가요?"

"위험하니까요."

"'전시회'라는 건 위험한 겁니까? 당신의 별에 이 개념이 있나요?"

"제가 태어난 별에 이 개념은 없습니다. 하지만 어느 날 어떤 '발작'이 저를 덮쳤습니다. 그게 무엇인지 저는 계속 몰랐습니다. 무시무시한 것에 홀렸다는 사실만 알았지요.

이 초대장을 받아 든 순간 소름이 끼쳤습니다. 이런 무시무시한 증상을 겪은 건 이 우주에 오직 나 하나뿐이라고 생각했습니다. 나만 죽으면 소멸할 증상이라고 생각했죠. 하지만 그렇지 않다는 사실을 알았습니다. 이런 무시무시한 현상은 당장 끝내야 합니다."

"그렇군요. 알겠습니다. 그렇게나 위험한 거였군요. 하지만 적어도 그 전에 '전시회'를 보고 가는 건 어떻습니까? 당신이 첫 손님입니다."

은색 막대 우주인은 K에게 총구를 겨눈 채로 조용히 물체들을 둘러보았다.

K는 은색 막대 우주인이 이따금 몸을 떤다는 사실을 알아챘다. 그 피부 속에서 어떤 일이 일어나고 있는지, 꽃이 피고 있는지, 여행을 하고 있는지, K로서는 알 수 없었다.

차분히 '전시회'를 다 둘러본 은색 막대 우주인은 수조 밖으로 나와 가만히 서 있는 K에게 나지막이 말했다.

"역시 위험해. 이런 무시무시한 것들을 이렇게 대량으로 모아두다니. 토할 것 같군. 역겨워. 믿을 수가 없어."

“그런가요? 저를 죽이기 전에 조금만 가르쳐주지 않으시겠습니까? 그건 어떤 느낌인가요? 몸속에 꽃이 피어나는 것. 육체를 움직이지 않고 먼 곳까지 여행할 수 있는 것. 제게 이 물체를 맡긴 우주인들이 그렇게 말하더군요.”

“그건 그렇게 아름다운 것이 아닙니다. 이것에 눈을 뜨면 마음을 지배당하고 말아요. 마음이 이제껏 없던 형태로 바뀌고 화학변화를 일으켜서 지금까지와는 다른 자신이 되고 맙니다. 저는 처음 ‘발작’이 일어났을 때, 이 나쁜 꿈은 분명 곧 사라질 거라고 생각했습니다. 그러나 한번 마음을 지배당하니 그건 한평생 계속되더군요. 저는 혼자서 이 개념을 끌어안고 괴로워했습니다.”

“힘드셨겠네요.”

“당신을 죽이는 걸 나쁘게 생각하지 말아주세요. 이런 개념이 우주에 퍼지면 모든 생명체가 절멸할 겁니다. 정신이 온통 이 개념에 속박되고 지배되어 완전히 바뀌고 말 거예요. 저는 저주받은 것처럼 일평생 이런 물체들을 동경해왔습니다. 저 같은 피해자가 더 늘어선 안 돼요.”

은색 막대 우주인은 부들부들 떨었다. 어지간히 두려움에 떨며 살아온 것이리라. 하지만 K에겐 우주인이 어쩐지 황홀해하는 것처럼 느껴지기도 했다.

"알겠습니다. 어차피 제 수명은 얼마 남지 않았습니다. 저의 여행도, '휴포포로라휸'도, '예술'도 전부 당신의 손으로 끝내주세요."

은색 막대 우주인은 총으로 K를 쐈다. K는 저항하지 않았다. 수조 입구에 가만히 서 있었다.

K가 찢겨져 수조 안으로 날아갔다. 피투성이가 된 K가 쓰러짐과 동시에 은색 막대 우주인이 폭발했다. 은색 막대 우주인은 조각조각 분해되어 '전시회' 밖으로 흩어졌다.

"K."

마쓰카타가 불렀다. 마쓰카타는 머리 아래가 전부 땅에 묻혀 있어 달려갈 수가 없었다.

K는 피를 흘리며 수조 안에 쓰러져 있었다. 간신히 마쓰카타 쪽을 보고는 안심시키려는 듯 미소 지었다.

"너에게 이야기를 들어둬서 다행이야. 인간의 '예술'은 도난 문제 같은 분쟁의 씨앗이 되는 일도 있었다는 이야기. 우리가 만든 안전장치가 제대로 작동한 것 같네."

"K. 나를 죽여주세요. 나는 여행을 하고 싶어요."

"여행을? 하긴, 쭉 여기 있었으니까. 하지만 너는 '휴포포로라휸'이자 '예술'인 물체를 몸속에 이렇게나 많이 간직하고 있었잖아. 나는 그게 너의 여행이라고 생각했어."

"그렇다면 저도. 이제. 여행을. 끝내겠습니다."

K는 답이 없었다. 마쓰카타는 은색 막대 우주인에게서 굴러온 총으로 자기 머리를 쏘았다. 마쓰카타의 머리가 날아가 수조 안에 있는 K의 옆으로 굴러갔다. 마쓰카타의 반짝이던 눈도, 소리도 전부 멈췄다. '전시회'는 정적에 휩싸였다.

K와 마쓰카타가 죽은 후에도 '전시회'는 계속되었다. 은색 막대 우주인의 사체는 '전시회' 공간 밖에서 가루가 되어 곤충의 먹이가 되었다. K의 사체는 커다란 수조 안에서 보호받으며 조금씩 수분이 증발하여 미라로 변해갔다. K가 염려했던 것처럼 생태계를 파괴하는 일은 없었다.

5만 년 후, 녹색의 우주인 무리가 잔뜩 찾아왔다.

"이상하네. 이 별엔 더 이상 생물이 살지 않는데 '전시회'가 계속되고 있다니."

"엄마, 나 이게 제일 좋아."

여자아이가 K와 마쓰카타의 사체를 가리켰다. 미라가 된 K는 마쓰카타의 머리를 품에 안고 잠든 것처럼 보였다.

"이거 멋지네. 엄청 밝고 흥분되는 기분이야."

"난 왠지 좀 괴로운 느낌인데."

"자극적이고 에로틱해. 상상력을 불러일으키네."

"어떤 예술가가 만들었을까. 아주 예술적인 오브제야. 봐, 이 매끄러운 곡선."

녹색 우주인들 사이에 소문이 퍼져, 지구는 영원히 끝나지 않는 '전시회'가 열리는 곳으로 널리 알려졌다.

다양한 별의 우주인들이 '전시회'를 방문했다. 많은 이들이 '전시회' 마지막에 웅크리고 있는 K와 마쓰카타 앞에서 걸음을 멈췄다. K와 마쓰카타는 그들 안에서 몇 번이고 피었다. K와 마쓰카타를 바라보며 멈춰 있는 시간은, 많은 우주인에게 잊을 수 없는 여행이 되었다.

하늘이 밝아오면 '전시회'는 더 붐비기 시작한다.

지구에는 곤충도 사라지고 거의 모든 생물이 멸종했지만, 별로서의 지구는 당분간 계속 존재할 듯했다.

K와 마쓰카타의 '전시회'는 여전히 끝날 것 같지 않았다.

발표 지면

신앙

〈문학계〉 2019년 2월 호

—— 2020년 11월 18일 〈Granta Online〉에서 영어로 번역된 'Faith' 공개.

생존

〈문학계〉 2019년 7월 호

—— 미국 OR Books 출판사의 의뢰로 Tales of Two Planets: Stories of Climate Change and Inequality in a Divided World(Penguin Random House, 2020)를 위해 '지구온난화와 사회 불평등의 상호 관계'라는 테마로 쓴 'Survival'의 원문.

토맥윤기

〈군조〉 2018년 2월 호

《엽편소설 세시기 봄·여름》(講談社, 2019)에 수록.

그들의 혹성에 돌아가는 일

〈신초〉 2021년 1월 호

—— 2020년 10월 7일 미국 〈Literary Hub〉에 게재된 에세이 "Sayaka Murata on Making Friends with Imaginary Aliens"의 원문.

컬처쇼크

〈문학계〉 2019년 9월 호

—— 영국 맨체스터 인터내셔널 페스티벌의 이벤트 Studio Créole을 위해, '여행에 관한 익명의 일인칭 '나'의 이야기. 여행지에서 만난 사람과의 대화가 포함된 것'이라는 테마로 쓴 'Culture Shock'의 원문.

기분 좋음이라는 죄

〈아사히신문〉 2020년 1월 11일

쓰지 않은 소설

〈문학계〉 2021년 8월 호

—— 게재 시보다 상당히 가필함.

마지막 전시회

〈신초〉 2021년 9월 호

—— 독일 폴크방 미술관 100주년 특별전 '르누아르, 모네, 고갱—유영하는 세계의 이미지'(2022년 2월 6일~5월 15일)의 도록을 위해 '마쓰카타 고지로와 칼 에른스트 오스트하우스의 가공의 만남'을 테마로 쓴 'Die letzte Ausstellung'의 원문.

옮긴이의 말

누구나 무언가를 믿으면서 산다. 그것은 종교일 수도 있고, 사람일 수도 있다. 눈에 보이는 물건의 가치일 수도 있고, 보이지 않는 형태의 무언가일 수도 있다. 암묵적으로 공유하는 상식, 옳고 그름의 기준, 지켜져야 할 규칙, 절대 넘지 말아야 하는 선. 그 모든 것도 믿음이다. 그리고 우리는 그 수많은 믿음 위에 삶을 쌓아 올린다. 무라타 사야카의 작품이 겨누는 곳은 늘 그 지점이다. 우리의 발아래, 올바르고 당연하고 견고해 보이는 믿음 더미들. 무라타 사야카는 2003년 데뷔 이래《소멸세계》《편의점 인간》《지구별 인간》 등의 작품을 통해 다양한 방식으로 우리의 믿음을 뒤흔들고 무너뜨려왔다. 묘하게 태연하고 해맑은 얼굴로, 그녀만의 그로테스크한 상상력과 유머를 곁들여서. 그리고 그 작업은 이 작품집에서도 그대로 이어진다. 여섯 편의 단편소설과 두 편의 에세이(〈그들의 혹성에 돌아가는 일〉 〈기분 좋음이라는 죄〉)로 구성된 이 작품집은, 무라타 사야카가 2018년부터 2021년에 걸쳐 각종 지면에 발표한 짧은 글들을 "무언가를 깊이 믿는 사람, 혹은 믿고 있던 세계의 붕괴"*라는 큰 줄기로 갈무리하여 묶은 것이다.

믿음에 관한 이야기이자, 믿음을 흔드는 이야기. 표제작 〈신앙〉 속 동창생들은 저마다 다른 무언가를 '믿는 인간들'이다. 사이카와는 다단계 정수기나 사이비 종교가 사람들을 행복하게 만들어 줄 것이라 믿고, 그런 그녀를 비웃는 아사미 무리는 한편으로 얇은 그릇 몇 장에 수백만 엔의 가치가 있다고 믿는다. 그리고 주인공 나가오카는 환상에 속아 값을 지불하는 우매한 그들을 어떻게든 '현실'로 인도해야 한

* '믿는다는 것을 테마로 한 무라타 사야카 작품집', 〈니혼게이자이신문(日本経済新聞)〉, 2022년 6월 28일.

다고 믿는다. 그녀는 디즈니랜드 한복판에서 캐릭터 머리띠의 원가를 따지며 거품을 물고 셈을 하는 극한의 가성비 인간이다. 다단계 정수기와 고가의 브랜드 제품, 그리고 나가오카의 '현실'은 어떻게 차별될까. 이 중 '진짜'는 과연 어느 것일까.

> 난 정말로 정수기로 사람들을 행복하게 만들어주려고 했어. 모두를 위해서. 이번에야말로 진짜 행복하게 만들어주고 싶어. 시작은 사이비 종교라 해도 그걸로 전 세계 사람이 구원받는다면 그건 진실이 되는 거야. 그렇게 생각하지 않아?(45쪽)

'속는 인간'이 되어 구원받기 위해 10만 엔이라는 거금을 내고 사이카와의 천동설 테라피에 참가하지만, 나체로 발을 구르며 분투하면서도 끝끝내 "10만엔돌려내"라는 말밖에 토해내지 못하는 나가오카. 무라타 사야카는 그 애잔하면서도 한없이 우스꽝스러운 마지막 모습으로 질문에 답한다. 나가오카가 믿어 의심치 않는 그 현실 또한 결국 집요하고 우스운 세뇌이자 환상이라고. 믿으면 그게 그 사람의 '진실'이 되는 것일 뿐, '진짜' 같은 것은 이 세상에 존재하지 않는다고. "'당신은 지금 잘못된 것에 세뇌된 것이고, 사실 올바른 건 이쪽입니다' 하고 꼭 이쪽이 권유하고 있는 듯한 느낌이 조금 무섭습니다"*라는 저자의 말처럼, 자신의 믿음으로 타인을 재단하는 나가오카 역시 광기 어린 '신자'에 지나지 않을지도 모른다.

〈쓰지 않은 소설〉에서는 '진짜'에 대한 또 다른 고민을 찾아볼 수 있다. 이 작품은 무라타 사야카가 초등학생 시절 처음으로 완결까지 쓰는 데 성공했던 소설, "머리 스타일과 복장이 다른 다섯 쌍둥이 자매 이야기"**가 그 원형이다. 클론 가전이라는 비현실적인 물건을 요도바시 카메라 매장에서 구입해 사가와 택배로 배송받는 세상. 클론 가전의 소유주인 나쓰코는 스스로를 나쓰코가 아닌 나쓰코A라고 명명하고, 나쓰코B, C, D, E와 함께 동거 생활을 시작한다. 그러다

* '"언니의 '현실'이라는 거, 거의 사이비 종교 수준이네"라는 말에서 확장된 이야기, 세상을 향한 '신앙'을 뒤흔드는 무라타 사야카의 신작', 〈CREA〉 무라타 사야카 인터뷰 #1, 2022년 7월 12일.

** ''다양성'이라는 말에 관한 무라타 사야카의 생각: '개성'이라는 말이 무섭게 느껴진 순간을 잊을 수 없다', 〈本の話〉, 2022년 6월 17일.

서로 사랑에 빠지는 나쓰코D와 E. 회사에서 느낀 절망감으로 죽음을 택한 나쓰코C. 결국 나쓰코D의 도구가 되는 나쓰코A와 그런 그녀에게 도주를 제안하는 나쓰코 E. '진짜' 인간의 자리는 흐려진다. 제목 그대로 "이제껏 쓰지 못한 무수히 많은 이야기의 이미지"를 담고 있는 이 소설은 장면 번호로 구분되어 건너뛰고 단절되면서 불완전하게 이어지지만, 구태여 쓰지 않은 이야기가 주는 선뜩하면서도 쓸쓸한 여운이 오래 남아 맴도는 작품이다.

> "이번에 시코쿠가 가라앉는 모양이야. 스콜이 점점 심해지잖아. 이번에 큰 지각변동이 있을 거라네."(76쪽)

인간의 자리를 위협하는 것은 클론 가전뿐만이 아니다. 지구 온난화로 인한 엄혹한 환경 속 초격차 사회를 그린 〈생존〉 속 세상에서는 우리의 삶의 터전이 차례로 침몰하고, 인간들은 남은 파이의 한 뼘이라도 더 차지하고자 피 터지는 생존 전쟁을 벌인다. 디스토피아는 또 있다. 얼굴과 눈 색깔, 거리 풍경, 음식, 모든 것이 통일된 도시 '균일'(〈컬처쇼크〉)이다. 통일된다는 것의 공포를 잘 보여주는 이 소설은 실험적인 예술 작품을 소개하는 영국의 '맨체스터 인터내셔널 페스티벌'의 이벤트를 위해 집필되었다. 실제로 무대에서 낭독과 퍼포먼스가 이루어진 독특한 작품으로, "타 언어가 모어인 사람과 당연하게 영어로 대화가 가능한"* 것에 위화감을 느낀다는 공연 기획자의 말에 무라타 사야카의 상상력이 더해져 탄생했다.

아침에 눈을 뜨면 곧장 베란다에 나가 오늘의 공기를 직접 피부로 확인한다. 그러고는 야인이 되어버린 언니 생각을 하는 게 일과가 되었다. 너무 더운 여름도 걱정이지만 겨울이면 특히 더 좌불안석이다. 눈이 올 때마다 언니가 얼어 죽지는 않았을까 불안해져서, 이렇게 주말이 되면 언니가 사는 산으로 향한다.(86쪽)

나의 '올바른' 신념, 인간의 존엄, 발을 딛고선 땅까지, 우리의 삶을 지탱하는 믿음들을 차례로 무너뜨리는 이 작품집

* '나 자신을 소설을 쓰기 위해 세계에 놓여 있을 뿐인 인간이라고 생각해요', 〈CREA〉 무라타 사야카 인터뷰 #2, 2022년 7월 12일.

은, 그 안일한 믿음으로 우리가 무엇을 잃어가고 있는지 묻는다. 사계절을 6등분한 24절기를 다시 또 3등분하여 저마다의 계절에 일어나는 일에 아름다운 이름을 붙인 72후. 그중 토맥윤기(土脈潤起)는 2월 끝머리, 다가온 봄기운에 녹기 시작한 촉촉한 땅 아래서, 움츠리고 잠들었던 생명들이 일제히 눈을 뜨는 시기를 뜻한다. 생동의 기척으로 북적이는 그 시기, 이 작품의 주인공은 모든 기억과 언어를 버리고 '야인'이 되어 살아가는 언니의 생사를 확인하기 위해 눈 내린 주말이면 산에 오른다. 이제는 무슨 말을 건네도 '포우'라는 울음소리밖에 돌려주지 않는 언니. 각 계절마다의 행사나 동물과 식물, 계절을 표현하는 언어(季語) 등을 담은 서적을 총칭하는 '세시기(歲時記)'를 테마로 무라타 사야카가 만들어낸 무덤덤하지만 서글픈 풍경이다. 당연한 것, 영원불멸한 것은 아무것도 없다. 그럼에도 무라타 사야카가 영원을 소망하는 '예술'에 관한 따뜻한 이야기 〈마지막 전시회〉로 작품집은 끝을 맺는다.

무라타 사야카가 이 글들을 집필한 시기, 우리는 마침 그 어떤 이야기보다 더 픽션 같은 팬데믹을 경험했다. 어제와 크게 다르지 않은 내일이 올 것이라는 무구한 믿음이 거짓

말처럼 무너지는 것을, 우리 집 문을 걸어 잠그고 남의 집 문에 못을 박아 저마다 섬처럼 단절되는 일종의 디스토피아를 이제 막 목격했기 때문일까. 이 작품집 속 별세계가 성큼 가까이에 있는 것만 같다. 늘 생각을 뒤집어 허를 찌르는 '무라타 사야카 월드'를 여실히 보여주는 이 작품집이, 모두에게 다양하고 가치 있는 질문으로 남길 바란다.

김재원

무라타 사야카 村田沙耶香

1979년 일본 지바현에서 태어났다. 다마가와대학교 문학부 예술학과를 졸업했다. 어린 시절 '이야기'의 힘을 빌리지 않고는 도달할 수 없는 곳에 가보고 싶어서 소설을 쓰기 시작했다. 2003년 《수유(授乳)》를 통해 군조 신인문학상을 수상하며 이름을 알렸다. 2009년 《은색의 노래》로 31회 노마문예신인상을, 2013년 《적의를 담아 애정을 고백하는 법》으로 26회 미시마유키오상을 받았다. 2016년 《편의점 인간》이 시대의 초상을 독특하고 재치 있게 담아냈다는 극찬을 받으며 아쿠타가와상을 수상했고, 일본에서만 100만 부 이상 판매되며 무라타 사야카 신드롬을 일으켜 30여 개 언어로 번역되는 등 현대 일본 문학을 대표하는 작가로 자리매김했다. 이후로도 "소설은 내 신앙이자 계속될 실험"이라는 신념으로, 규격화된 삶을 강요하는 사회를 날카롭게 찌르는 상상력이 돋보이는 문체를 통해 정상성 바깥의 이질적인 존재들을 드러내는 작품들을 써왔다. 국내에 출간된 작품으로는 소설 《지구별 인간》《멀리 갈 수 있는 배》《살인출산》《소멸세계》, 에세이 《아 난 이런 어른이 될 운명이었던가》, 아시아 작가들과 함께 쓴 앤솔러지 《절연》 등이 있다.

《신앙》은 현대사회가 직면한 문제를 환기하는 다채로운 이야기들을 통해 인간이라는 존재, 지구라는 사회, 다가올 미래에 대해 우리가 암묵적으로 믿어온 것들에 질문을 던지는 작품집으로, 단편소설 여섯 편과 에세이 두 편이 담겨 있다. 표제작 〈신앙〉은 2020년 셜리잭슨상 단편소설 부문 후보에 올랐다.

옮긴이 **김재원**

부산대학교 중어중문학과, 일본 와세다대학교 대학원 문학연구과 석사과정을 졸업한 후 현재 번역가로 활동 중이다. 옮긴 책으로 나카야마 가호 《흰 장미의 심연까지》, 다자이 오사무 전집 중 《유다의 고백》《생각하는 갈대》, 사이토 다마키 《엄마는 딸의 인생을 지배한다》, 우치다 햣켄 《당신이 나의 고양이를 만났기를》, 《나쓰메 소세키 서한집》이 있다.

신앙

1판 1쇄 발행 2024년 1월 17일
1판 3쇄 발행 2024년 8월 19일

지은이 · 무라타 사야카
옮긴이 · 김재원
펴낸이 · 주연선

(주)은행나무
04035 서울특별시 마포구 양화로11길 54
전화 · 02)3143-0651~3 | 팩스 · 02)3143-0654
신고번호 · 제 1997—000168호(1997. 12. 12)
www.ehbook.co.kr
ehbook@ehbook.co.kr

ISBN 979-11-6737-390-8 (03830)